集英社オレンジ文庫

月下冥宮の祈り

冥王はわたしの守護者

水島　忍

本書は書き下ろしです。

月下冥宮の祈り
冥王はわたしの守護者

もくじ

月下冥宮の祈り

げっかめいきゅうのいのり

冥王はわたしの守護者

序章

人は欺く。人は傷つける。人は裏切る。

だから、人の世界を拒絶した。人が恐れる冥界を統べる王となった。

もう二度と人間には関わらない。

そのはずだった……。


ここは矢車菊が一面に咲き乱れる花畑だ。ほのかに甘い匂いがどこからか漂ってくる。

リヒトは目的の場所へ向かうため、花畑の中を進んだ。濃紺の着物と袴、白い袖なしの長羽織、銀色に光るまっすぐな長い髪が風に揺れる。

空は青い。青すぎるほど青く、雲はくっきりとした白さだ。太陽は眩しい光を放っているが、南国のような暑さはない。

　矢車菊の花畑は広々としていて、青を中心に、白、ピンク、黄や紫、そして赤といったたくさんの色で埋め尽くされている。

　爽（さわ）やかな風が吹き抜けると、青々とした緑の葉をつけた木々はざわめいた。生命が満ち溢（あふ）れ、何もかもが煌（きら）めく世界のようにも見える。

　だが、ここは死の世界。

　死者の魂が集まる冥界なのだ。

　リヒトは花畑の真ん中で足を止めた。

　そこでは幼い少女がしゃがみ込み、しゃくり上げて泣いている。白地に金魚の柄（がら）の浴衣（ゆかた）を着て、赤い鼻緒（はなお）の草履（ぞうり）を履（は）いた少女だ。肩まで伸ばした髪は少し癖毛（くせげ）で、毛先だけがくるんとカールしていた。

　少女の名を静かに呼んでみる。

　彼女は一瞬泣きやみ、顔を上げようとした。けれども、手で目を擦るうちに再び涙が出てきてしまう。どうしても泣きやむことができないみたいだ。

　リヒトは彼女を哀れに思った。慰めてやりたい。しかし、これほど幼い少女にどう声をかけていいか判らなかった。

「もう……泣くな」

そう言ったところで、涙が止まるはずもない。

リヒトは少女の傍らに屈んだ。そして、頭にそっと触れてみる。

すると、彼女がようやく顔を上げた。愛らしい顔は涙だらけで、ちょこんとした鼻は真っ赤だ。リヒトはそれを見た途端、胸が締めつけられる感覚に陥った。

なんだろう。この感覚は。

同情だろうか。それとも庇護欲なのか。

少女はしゃくり上げながらも、なんとか口を開いた。

「だっ……だって……お、おうちにっ……帰らなくちゃいけないって」

「ああ。そのとおりだ」

彼女は兄と一緒に、魂だけ死の世界に迷い込んでしまった。しかし、肉体のほうは生きている。早く元の世界に返さなくては、本当に命が尽きてしまう。

どんなに駄々をこねられても、言うことを聞くわけにはいかないのだ。

「あたし、帰りたくないもん……。お、お兄ちゃんだって……」

大きな瞳からまた涙が溢れ出してくる。

少女の母親はもういない。父親はもっと前にいなかったという。兄妹二人で、ずっと親戚の家で肩身の狭い思いをしてきた。戻ったとしても、決して幸せではないだろう。

帰りたくない気持ちは判る。

でも……仕方ない。仕方のないことなのだ。

どんなに今の彼女が哀れに見えても、情をかけるべきではない。いや、情をかけたいのなら、なおさら人の世界に戻すべきだ。

彼女はこれから人として生き、人としての幸せを必ず得る。自分の気まぐれで、その機会を壊してはならない。

「いつまでも聞き分けのないことを言うな。歳はいくつだ？」

「六歳……」

「六つか。それなら、生きているおまえと兄が、死んだ人間がいる場所にいつまでもいられないと判っているな？」

少女は小さく頷いた。

「だから、帰らなくてはならない」

今度は頷かなかった。代わりに、唇をぐっと引き結び、泣くのを堪えている。しかし、やはり涙がはらはらと流れ落ちていった。

リヒトは袂から手拭いを取り出し、彼女の顔を拭いてやる。

「可愛い顔が台無しだ」

「可愛いなんて……誰も言わない」

「そうか？　おまえは可愛いぞ」

リヒトは少女の頭を撫(な)でた。

ふと、無垢(むく)な髪に飾りが欲しくなった。花でもつけてやれば、きっと喜ぶだろう。

「そうだ。花の冠を作ってやろう」

リヒトは柄にもなく花を摘(つ)み始める。

青い矢車菊。とても鮮やかな瑠璃(るり)色だ。他にも色はあるが、この色がいい。

「お花の冠……作れるの？」

「ああ」

昔——遠い昔、母に作り方を教えてもらった。不格好にできあがった花冠をつけてあげたら、病弱な母は青白い顔で優しく微笑(ほほえ)んでくれたものだった。

少女の傍にいると、自分が人を信じていた頃のことを思い出す。まだ幸せだと思っていた頃の記憶が甦(よみがえ)り、胸が重苦しくなってくる。

「綺麗(きれい)な色……。リヒトの目と同じ。宝石みたい」

彼女はリヒトの目を覗(のぞ)き込んで笑った。

リヒトははっとする。もしかして、無意識に自分の瞳と同じ色を選んでしまったのだろうか。

彼女は幼いから、冥界での出来事は夢と同じくらい簡単に忘れてしまうだろう。けれども、同じ色の花を見かければ、記憶が甦ることもあるかもしれない、と。

いや——そうではない。

冥界のこと。

こうして自分と過ごしたこと。

すべて忘れてしまえばいい。

そうだ。摘んだ花が青いのは偶然だ。

「あたしもお花摘む」

少女も瑠璃色の花を摘み始めた。さっきまで泣いていたのに、今は微笑んでさえいる。

彼女の笑顔は無垢そのもので、無防備なほど純粋だ。穢（けが）れのない魂の持ち主だということが、その笑顔から判る。

だが、それは子供だから。

彼女も成長すれば、きっと他の人間同様、汚れた心を持つようになるだろう。いつか平気な顔で他人を傷つけるに決まっている。

人は綺麗なままではいられない。人の世界で生きるということは、つまりそういうことだ。汚い世界にいれば、そこに染まってしまう。

それでも……。

リヒトは今の彼女を愛おしく思うのを止められなかった。

もしかしたら……彼女だけは成長しても、信じるに足る人間でいられるかもしれない。

そんなことを思ってしまう。

決してそうではないのに……。

所詮は人間だ。

リヒトは花冠を作り上げた。そうして、頭につけてやる。

すると、少女の顔がぱあっと明るく輝いた。

眩しいほどの笑顔で、リヒトは思わず見惚れてしまう。

「ありがとう！　リヒト、大好き！」

リヒトは飛びついてくる少女を無意識のうちに抱き締めた。

そのとき――。

ドクンと身体の中に何かが流れ込んできたような気がした。

生きている人間の魂の力強さを感じる。死者とは違う。

リヒトの胸に温かいものが溢れてくる。

とうに捨て去ったはずの感情が噴き出してきた。

いや……駄目だ。人だった記憶を甦らせてはいけない。この感情は封印しなくてはならない。何故なら……。

何故なら、私は冥王だからだ。死の世界を司る神だから。

人の心を捨てたのだから。

しばらくして、少女の兄がやってきた。少女より三つ年上だという。

二人は冥界で着せてもらった浴衣をそのまま身に着けている。が、人間界に戻れば、それは跡形もなく消え失せるはずだ。

もちろん少女の頭に載っている瑠璃色の花冠も。

冥界のものは基本的に人間界に持ち込めない。

リヒトは二人にお守りを渡した。

小袋に入った札だ。二人を守護する念が入っている。もちろん、これだけは人間界に持ち帰れるように術をかけた。

「これはおまえ達を守ってくれるものだ。肌身離さず大事にしろ」

少年は頷き、少女の手をしっかりと握る。すると、少女も小さく頷いた。

少女はもう帰りたくないと駄々をこねたりしなかった。どんなに帰りたくなくても、本当は帰らなくてはならないと、幼いながらもちゃんと理解しているのだ。それに、兄と離れ離れになるのは嫌なのだろう。

リヒトは花畑の中で二人を並んで座らせ、目を閉じさせた。リヒトは彼らの前に座り、いつもと少し声色を変えて優しい口調で話し始める。

「おまえ達……今までで一番楽しかったことはなんだ？」

少年が躊躇(ためら)いがちに答える。

「……家族で……海に行ったこと」

少女もそのときのことを思い出したのか、急にはしゃいだように言った。

「あのね、お母さんが浮き輪を買ってくれたの。泳ぐの怖かったけど、お母さんが大丈夫って。一緒に泳いだの。スーッて……あたし、人魚みたいだって」

少女は小さく笑う。けれども、母はもういないのだ。リヒトは思わずその髪に触れそうになったが、途中で手を止めた。

これ以上、慰めたりすれば、彼女は元の世界に戻れなくなる。

「二人とも海は好きか？」

「うん」

「ちょっと怖いけど好き」

二人はそれぞれ答える。

「山には行ったことがあるか？」

「学校の遠足で行った。山の近くに住んでいたこともある。猪が出るって話だった。あと、猿もいたって。全然見なかったけど」

少年は少し笑った。

「あたし……砂山に登ったことある。おっきな砂山。幼稚園のみんなとよいしょって登った。みんな滑り落ちていって面白かった！」

「そうか……。祭りには行ったことがあるか？」

少年の表情が一気に柔らかくなる。

「あるよ。夜に行った。お面がいっぱい売っていた。わたあめやりんご飴も。金魚をすくってみたけど、ダメだった」

「あたし、わたあめだーい好き。甘くて、すぐに消えちゃうの。お兄ちゃんと半分こして食べなさいって言われたのに、お兄ちゃんがいっぱい食べちゃった」

少女は不満げに唇を尖らせる。

「なんだよ。そっちが食べきれないって言うから、食べてやったのに」

「でも、帰ってから、もっと食べたかったもん」

「その代わり、ヨーヨーを釣ってやっただろう？」

「うん。赤いヨーヨー」

「輪投げもしたね」

「あたし、うちわをもらった」

「変な絵がついたうちわだったよな」

「うん。でも、面白かった」

　二人で笑いながら楽しかった思い出を辿(たど)っている。そうすることで、魂と肉体が自然に繋(つな)がるのだ。

　二人の姿は徐々に薄くなっていく。リヒトは無言でそれを見守っていた。

　やがて二人の姿は完全に消えてしまう。

　目の前にいた仲睦(なかむつ)まじい兄妹はいない。

　笑い声も消えた。聞こえるのは風の音だけ。

　ああ……これでいい。

　二人は生者で、ここは死者のための世界だ。二人は元の世界に戻り、人として一生を全(まっと)

うする。

それは正しいことだ。

ただ……。

なんだろう。胸の中に何か穴が空いた気分だ。

風が吹き抜ける。

花の匂いは漂うが、頭に花冠をつけて無邪気に笑う少女はもういない。少女を一心に守ろうとする少年の姿もなかった。

リヒトは何かを振り払うかのように立ち上がり、誰もいなくなった花畑を後にした。

ここは冥界。

そして、リヒトは人間ではなく、冥王だった。

一章　冥界に迷い込んだ少女

ミランは目を開けると、花畑の中に横たわっていた。

ここは……どこ？

身体を起こしてみて、ポカンとしてしまう。

目に映るのは、広々とした花畑だ。青い花が目につくが、白やピンク、黄や紫に赤など、たくさんの色の花が咲いている。

確かこの花は……矢車菊。矢車菊ばかりが咲いている。

とても綺麗だ。写真を撮りたいくらい。

でも……わたしはどうしてこんなところで寝ていたの？

少し考えてみたものの、まったく覚えていない。

花畑は四方をぐるりと木々に囲まれていた。その代わり、花が咲き乱れるこの場所だけ樹木が生えてない。

澄み切った青空が広がり、気持ちのいい日差しが降り注いでいる。

でも……ここには誰もいない。一人きり。

こんな場所にぽつんと一人でいて、自分は何をしていたのだろう。

ただ眠っていただけ？

でも、どうして？

自分の身に何があったのか思い出そうとしたが、頭の中が空（から）っぽになったみたいに、何も出てこなかった。

ミランはふらりと立ち上がる。そして、視線を下ろし、自分の服装を確かめた。

白いブラウスと赤いリボンに、チェックの短いプリーツスカートを穿（は）き、紺（こん）色のブレザーを羽織（はお）っていた。

これは……高校の制服だ。それは思い出せる。けれども、学校のことが何も思い出せなかった。

どうしたんだろう。わたし……。

自分の頭を二度ほど軽く叩いてみた。しかし、何も浮かんでこない。

ただ、自分の名前がミランだということだけは覚えていた。

そう。わたしはミラン。年齢は……。

十五？　十六？　それとも、十七歳？
高校生なのだから、その辺りだ。
ふと、胸のポケットを探ってみた。そこに大切な物が入っているような気がしたのだが
――残念ながら何もない。
他のポケットを探ってみても同じだ。周囲を見回し、自分の持ち物が落ちてないかどう
か確認してみたけれど、何もなかった。
鞄も……財布も、スマホも。自分が何者かを証明する手立てがない。
急に怖くなってきた。
名前以外、自分のことが判らない。この場所も見覚えがない。どうして自分がここにい
るのか、理由も判らない。
警察に行ったらいいのだろうか。しかし、再び辺りを見回してみても、花畑と森ばかり
で、建物どころか人工物さえ見当たらなかった。
はぁと溜息をつきながら俯く。そのとき、ミランはあることに気がつき、目をしばたた
かせた。
えっ、どうしてなの……？
花畑の中に寝ていたのなら、花が潰れたり、茎が折れたりしているはずなのに、その痕

跡が見当たらない。

これは現実？　それとも夢の中？

足をずらすと、踏んでいた花の茎がすぐに甦(よみがえ)っていく。信じられないけれど、目(ま)の当たりにしたら、信じないわけにはいかない。

きっと……こういう植物なのよ。たぶん。

本当にそうだろうか。何かおかしな現象に立ち会っているのではないか。そんな考えが頭にちらついたが、ミランは無理やりそれを振り払う。

現実的になろう。とにかく……誰か探さなきゃ。

自分の状況を話せば、なんとかなるかもしれない。というより、誰かに頼ること以外、思いつかなかった。

ミランは歩き出した。

歩いていれば、きっと誰かに出会えるはず。

そう信じて、花畑の周囲を見回し、少しでも木々がまばらな場所を探すと、森の中へと続く小道がすぐに見つかった。

森の中は鬱蒼(うっそう)としていて薄暗い。

少し躊躇(ためら)ったものの、ここにずっといても仕方ない。決心して足を踏み入れた。

小道の真ん中は踏み固められているから、誰かが行き来している証拠だ。けれども、それが人とは限らない。獣道（けものみち）の可能性だってある。

それにしても、なんだか身体や頭がふわふわしていて、現実感がない。ちゃんと歩いているはずなのに、地面を踏みしめている感じがしなかった。でも、夢の中だとも思えない。

ただ……あまりにも静かだった。まるで誰も住んでいないみたいだ。鳥の声は聞こえるし、葉は風にざわめいているのに、生きているものの気配がない。

もちろん、そんなはずはないけれど。

でも、何か変だ……。

ひょっとしたら、どんなに歩いても誰にも出会わなかったりして。

いや、そんなまさか。

そう思いつつ、妙な焦燥（しょうそう）感にかられてしまう。

自分が何者なのか、どうしてこんな所にいるのかさえ判らない。その状況で、まったく誰もいないのだ。

別の世界に迷い込んだようで、恐ろしくなってくる。

そう。誰もいない世界。

世界にわたしただ一人だけ。

そんな馬鹿な妄想をしながらも、ミランは歩いていく。森の中は薄暗いから、なおさら不安でたまらない。

どれだけ歩いただろうか。

一時間？　ううん、そこまで長い時間じゃない。せいぜい三、四十分程度。

早く静かな森を抜けたい一心で、ミランは必死で足を動かしていた。

やがて行く手が明るくなり、ようやく森を抜ける。

よかった……！

急に視界が開けて、ミランは思わず小さく息をついた。そこは花畑や森とは違い、木がまばらに生えているだけの野原だ。

相変わらず建物も人も見えない。森を抜けても小道はそのまま野原の中に続いていて、先にはまた森なのか、樹木がこんもりと固まって生えているのが見えた。小道は更にその中に続いている。

また森の中を歩くのか……。

やっと抜けたばかりなのに。

しかし、他に道はなさそうだ。それとも、探せば他に道が見つかるだろうか。

足を踏み出した途端、どこからか囁(ささや)くような歌声が聞こえてきた。

子守歌みたいだ。

誰かいるの……？

辺りを見回した。

すると、野原に点在する木の下に、女性が立っていた。

やっと人がいた！

でも、さっきは誰もいないと思ったのに。

薄紫の和服を着ており、白髪だから老女だろう。こちらに背を向け、たった一人で佇んでいる。

とにかく話がしたくて、彼女の許へ急ぐ。

「あのっ……すみません。ちょっと訊きたいことがあるんですけど……」

唐突に話しかけてしまったが、老女は驚くでもなくゆっくりと振り返り、柔らかな微笑みを見せてくれた。

彼女は白髪を綺麗にまとめていて、とても上品そうな人だ。しかし、近づいてみると、どこか違和感があった。

彼女はあまりにも白い。いや、肌が白いというわけではない。全体的に光っているようで、同時に消えてしまいそうな透明感もある。

人間……よね？

わたし、幻を見てるわけじゃないよね？

少し薄気味悪く思ったが、すぐに自分を戒める。

だって、見知らぬわたしの言うことに耳を傾けてくれたんだから。気味悪い人扱いなんて、よくないに決まってる。

ミランは静かに微笑んでいる彼女に頭を下げた。

「いきなり話しかけてしまって、ごめんなさいっ。わたし、自分がどこにいるのか判らないんです。ここって、どこなんですか？」

彼女はゆっくりとした口調で話し始めた。

「ここは、とてもいいところよ。あなただって、そう思うでしょう？」

「え……？　えーと……そうですね」

確かにいい場所だと思う。どこだか判らなくて心細いが、そうでなかったとしたら、花畑は綺麗だったし、この野原も心地よい風が吹き抜けていて、とてもいい場所と言えるだろう。

だけど、ミランが知りたいのは地名だ。自分の住所は覚えていないけれど、地名が判れば、何か手掛かりになるはずだ。

「あの……できれば地名を……」

彼女はミランへ視線を向けているのに、まるで独り言みたいに話を続ける。

「わたしは、もうすぐ旅立とうと思うの。もうそうしていい頃合いよ」

彼女はどこか様子が少し変だ。ミランの質問に答えてくれない。こちらは彼女の言葉の意味がよく判らない。

ミランは困惑したが、それでも何か情報が欲しかった。

「え……と、ここはどこなんですか？　地名を教えてください。わたし、本当に何も判らなくて……」

彼女はようやくミランの言っていることを理解したのか、ぱっと目を見開いてしげしげと顔を見つめてくる。

「あらまあ。じゃあ、新しい人なのね。だったら、『お屋敷』へ行くといいわ」

新しい人って何？

それから『お屋敷』って？

彼女の言葉の意味はよく判らなかった。とにかく『お屋敷』に行けば何か判るのだろうか。

「……『お屋敷』はどこにあるんですか？」

彼女は上品な仕草で、ミランがさっきまで歩いていた小道を指し示した。

「そこの道をずっとまっすぐ歩いていくと、お屋敷があるの。お屋敷には『あの方』がいらっしゃるから」

また判らない単語が出てきた。

「……『あの方』って……誰……なんですか?」

「とても素晴らしい方よ。わたし、あの方が大好きなの」

彼女は口元を袖で覆って、ふふっと可愛らしく笑った。

その姿が急に少女のように見えて、ミランは目をしばたたく。しかし、老女は老女のままだ。

わたし……変だ。

これはやっぱり夢なんだろうか。

『あの方』が何者なのか、答えはもらっていない。けれども、これ以上、彼女と会話するのは諦めた。

行けば判ると思うから。

もうこれ以上、彼女の邪魔をするのはやめよう。

「判りました。ありがとうございます、おばあさん」

おかしな気分のまま、老女に別れを告げる。そうして、野原を突っ切って小道に戻った。

静かな歌声が聞こえ、振り返る。

老女の姿はまた一段と薄くなり、光の中で消えてしまいそうだ。けれど、そんなはずはない。

そうよ。きっと気のせい。

ミランは小道をまっすぐ歩き、再び別の森の中へ入っていった。


今度の森はすぐに抜けられた。

視界が開けた途端、いきなり瓦屋根(かわらやね)が載った白壁の塀(へい)が目に入る。きっとこの辺りには誰かがいるはずだ。ここがどこなのか、ようやく手がかりが掴(つか)めそうでほっとする。

目の前には今まで通ってきた獣道(けものみち)とは違い、人の手で整備されたと思(おぼ)しき道が横切っている。といっても、舗装(ほそう)されているのではなく、草や石が取り除かれた程度だ。

道の向こう側に長く続く塀があり、さらに塀の向こうには庭木や大きな日本家屋があるのが見えた。

ここが『お屋敷』なの……？

道を渡ると、瓦の屋根がついている巨大な門に迎えられる。木製の門扉は左右に開いていた。普通の家とも思えない。お寺の門みたいだ。

それにしても、自分のことは何も覚えていないのに、お寺の門だとか、そんな知識だけはある。

開け放たれていた門扉の中を覗いてみたものの、人の姿は見えない。

敷地はかなりの広さで、正面に見える屋敷は平屋建てなのに、屋根が大きく、威圧感があった。やはりお寺のように思える。

しかし、老女は『お寺』とは言ってなかった。それなら、ここは『あの方』がいる『お屋敷』ではないのだろうか。

でも……ここにだって、誰かいるはずよね？

それとも『あの方』は住職か何かなのだろうか。

前庭というのか、門から屋敷まで距離がある。庭木は塀に沿って植えてあるけれど、その内側には何もなく、ただの広場のようになっていた。中央には石畳の通路があり、屋敷まで続いている。通路の両側には細かい砂利が敷き詰めてあり、草も生えていなかった。

しんとしていて、なんだか怖い。

あ……でも、今、遠くから風鈴の音が聞こえた。

風が鳴らしているだけだが、その音を聞いて、ちょっと元気づけられる。

とにかく、入り口で躊躇していても仕方がない。インターホンがどこにもないから、ミランは改めて門の前に立ち、声を出した。

「ご、ごめんくださいっ」

しかし、なんの返答もない。声が小さすぎるのだろうか。それとも、ここからだと遠すぎて、普通の声では届かないのか。

ミランは思い切って敷地内に足を踏み入れ、石畳の通路をまっすぐ歩いていく。

通路の先は大きな屋敷の正面に突き当たる。幅の広い階段が三段あり、そこを上がると、手すりのある縁側がバルコニーのように張り出している。

お寺の本堂なら正面でご本尊が拝めるようになっているはずだが、ここは木製の引き戸がしっかりと閉められていた。

その戸をノックしてみたものの、反応はない。まさか勝手に開けるわけにもいかない。耳を澄ましてみると、中で物音がするのが聞こえた。

ということは、誰かいるはず。

「すみませんっ……。ごめんください」

精一杯の声を絞り出したのに、誰も出てきてくれなかった。応答すらない。

どうしよう……。

きょろきょろと辺りを見回した。他に扉はないようだ。

もしかして、ここは玄関じゃないのかもしれない。だとしたら、別の場所に玄関があるのか。

戸を背にして、階段を下りていく。建物の側面に回ろうと足を踏み出しかけたところで、声が聞こえた。

「……誰だ？」

男性の声だ。低くはないが、高くもない。張りのある涼やかな声だ。ミランははっとして立ち止まり、声のするほうを振り向いた。

いつの間にか戸が開いていて、声の主が立っている。

そこにいたのは、背が高い和装の男性。

彼はゆっくりと階段を下りてきて、ミランの前に立った。

老女が言っていた『あの方』は、きっとこの人だ。直感的にそう思った。

彼は白い着物に若草色の袴(はかま)を穿(は)いていて、袖なしの豪華な長羽織(ながばおり)を身に着けている。だけど、何より目を引いたのは、彼の長い髪だ。

ミランの髪も長く、背中の真ん中辺りまで伸ばしていたが、彼の髪は腰より長い。

その髪は艶々とした銀色だ。といっても、白髪ではない。髪全体がまるで月の光をまとっているかのように美しく見えた。

第一、男性はまだ若い。二十代後半から三十代くらいだろうか。

肌は白く、彫りが深い。男性なのに綺麗で繊細な顔立ちをしている。髪色のせいか、異国の人みたいにも思えた。でも、和装でも違和感はない。それどころか、しっくりと馴染んでいた。

そして……。

瞳は鮮やかな瑠璃色だ。

どこかで見たことがある。どこだったのか。

さっき花畑で見た……。

「矢車菊みたい……」

思わず呟いてしまったミランは、はっと自分の口を押さえた。

彼の表情は硬く、鋭い眼差しはミランをじっと凝視している。唇も引き結ばれていた。

もしかしたら……勝手に入り込んできたことに怒っているのかもしれない。

そう思うと、胸がぐっとと締めつけられるような気がした。

誰かに怒られるのはイヤ。嫌われるのもイヤ。

それに、彼は頼みの綱なのだ。

ミランはぎこちなく笑みを浮かべた。

「ごめんなさい……。その、わたし、道に迷っていて……ここがどこだか判らないんです。教えていただけないでしょうか？」

男性の機嫌をこれ以上損ねないようにと、なるべく丁寧な言葉遣いを心掛けた。

だが、彼は前よりももっとギュッと眉を寄せる。

「……ここはおまえの来るところではない。早く帰れ」

厳しい声でそう言われて、心臓がドクンと音を立てた。

怖い……。

すぐさまこの場から駆け出して、逃げたくなった。しかし、逃げたとしても、行く場所も帰る場所もない。

帰りたくても帰れないのだという状況を伝えなくては。

口を開こうとしたものの、唇が震える。

無意識のうちにブレザーの胸ポケットを押さえていた。

そこには何も入っていないのに。

「……そ、そうですよね。突然入り込んできてしまって、すみません。とにかく誰かにここがどこだか教えてもらいたくて、ずっと歩いてきたんです。気がついたら、花畑の中にいて……」

ミランは必死で自分が屋敷の敷地に入り込んだ理由について説明をした。なんとか判ってもらわなくては、無理やりにでも追い払われてしまいそうだからだ。

すがるような気持ちで話していると、男は小さな溜息をついた。

「花畑か……なるほど」

「え？」

何が『なるほど』なのだろう。彼は何か知っているのだろうか。

「詳しく話せ。気がついたら、花畑にいたのか？」

花畑で目が覚めたなんて、しかもその前の記憶が何もないなんて、こんな不思議な話、信じてもらえるだろうか。

不安になったが、彼は話を聞いてくれるらしい。表情も少し柔らかくなっている。

とにかく話さないことには、彼には理解してもらえない。そして、理解してもらえなかったら、自分はずっとさ迷い歩かなくてはならないだろう。

それは怖すぎる……。

だから、ミランは目が覚めたところから説明を始めた。途中で出会った老女に『あの方』に会うようにと言われたことも。

彼が老女の言う『あの方』かどうか確証はないが、彼こそが自分の窮状(きゅうじょう)を助けてくれる人に違いない。

理由は判らないけど……。

でも、彼の瑠璃色の瞳を見ていると、そう感じてしまうのだ。

「……すごく不思議だけど、自分のことも何も判らないんです。あ、名前だけ覚えてました。ミランって……たぶんわたしの名前だと思います」

名前だけ覚えているのは不自然だろうか。

他は何も覚えてないんだし。

もしかして、わたしの名前じゃなかったりして？

男はすっとミランから視線を外した。

「……いや、きっとおまえの名だろう。ところで、他は本当に何も思い出せないのか？以前ここに来たことがあるとは感じないのか？」

「はい。花畑も今までの道のりでの風景も……このお屋敷も初めて見たように思います。でも、本当に初めて来たかどうかは判らないです。だって、何も覚えていないから」

「そうだな……。そういうことになるな」

彼は腕組みをして、また溜息を洩らした。

何か考えているようで、しばし沈黙が漂う。

彼が口を開くのを待っていられず、ミランは重ねて尋ねた。

「それで……結局ここはどこなんですか？　地名とか教えてもらえると助かるんですが」

地名が判ったところで、自分がどこの何者か判らなければ、帰ることもできない。しかし、とにかく情報を集めたかった。

「ここはメイカイだ」

聞いたことのない地名だった。

「それは……何県の？」

「人の世界にあるのではない。冥界、つまり死者の世界だ」

一瞬何を言われたのか理解できなかった。

死者の世界……？

どういうこと？

「え……と、死者の世界って……」

「人間が死んで、生まれ変わる前に訪れる場所だ」

「でも、そんな……」

にわかには信じられなくて、辺りを見回した。

広い敷地内には、他の人の姿はない。今も遠くでかすかな物音は聞こえるが、それ自体、とてもささやかだ。

ここに来るまでも、ほとんど人には会わなかった。

会ったのは、ただ一人。妙に光って消えそうな老女だけだった。その彼女も何か奇妙なことを喋るだけだった。

あの人は……もう亡くなっているの？

そのとき、風がすーっと吹き抜けていった。同時にチリンチリンと風鈴の音がする。

さっきはこの音に元気づけられたが、今は怖く感じる。

人間が誰一人いない世界であっても、風鈴は風さえあれば勝手に鳴るものだから。

「……わたしは死んでしまったんですか？」

素直に考えれば、そういうことになる。それに、よく死後の世界には花畑があるという。

自分は花畑の中で目が覚めたのだし、本当に死んでしまったのかもしれない。

「いや……おまえは死んではいない」

男は断定した。

「けど……」

「それははっきりと判る。おまえは死者とは違う。何かがあって、魂だけここに来てしまった。肉体は生きているはずだ」

生きていると言われて、ほっとする。けれども魂だけと言われてもピンと来ない。

改めて自分の姿に目をやる。制服を着ている身体(からだ)は、幽霊のように透けているわけでもなく、ごく普通だ。

ミランは手を見ながら、握ったり開いたりしてみた。顔にも触れてみる。何も変わりはない……と思う。

「信じられない……」

「信じる必要はない。ただ肉体に戻ればいいだけだ」

彼は簡単に言った。

「どうやって戻ればいいんですか?」

「記憶を辿(たど)っていって、帰りたいと望めば戻れる……」

彼はそう言ったすぐ後に、顔をしかめた。

何も思い出せないミランに、記憶など辿れるはずもない。それに、覚えていない場所に戻りたいとも思えなかった。

「とにかく記憶を取り戻すことが先だな。少し気分を変えるか。気持ちが落ち着く場所があるから、案内してやろう。……ついてこい」

彼はぶっきらぼうにミランに告げると背を向けた。そして、石畳の通路から外れ、砂利道を進んでいく。ちょうど建物の前を横切る形だ。

初めて会った相手についてこいと言われて、ミランは戸惑った。

だいたい彼は何者だろう。老女の言う『あの方』なのだろうが、そもそも『あの方』がなんなのか判らない。

彼も……亡くなっているの？

会話をしていると、そんなふうには思えない。しかし、ここが死者の世界なら、生きている人間は普通いないはずだ。

「あの……あなたは誰なんですか？」

彼についていきながら、背中に話しかける。

彼は立ち止まり、振り返った。そのまま、ミランにじっと静かな眼差しを向けてくる。

「私は死者ではない」

まるで心の中を読まれたようで、恥ずかしくてたまらない。それは、何もかも見通すような眼差しのせいかもしれない。

「でも、ここは死者の世界だって……」

「この世界を統べる王。冥王だ」

「冥王……」

ミランは目を見開いて、彼の姿を見つめる。

冥王という単語で思い出すものがあった。

確かギリシャ神話……。

内容はよく覚えていないが、黒ずくめの不気味な男——冥王の絵が頭に浮かぶ。

あの絵と彼はまるで違う。不気味どころか、とんでもなく美しい容姿だ。そもそも身に着けている服も和装だ。

同じ冥王という呼び名でも、おどろおどろしい存在じゃなくて……。

ミランは光を帯びた銀色の髪や矢車菊みたいな鮮やかな色の瞳を見つめた。

こんなに綺麗なんだから……。

雲の上から降りてきた高貴な神様みたいだ。

彼はミランの戸惑いを見抜いたように、口元だけで笑った。

「名をリヒトという」

「リヒトさん」

「リヒト、でいい。敬語も不要だ」

とはいえ、出会ったばかりの年長の男性を呼び捨てにはしにくい。それに、彼の言葉を真に受けて、本当に呼び捨てにしたら、さっきみたいな厳しい眼差しを向けられてしまうのではないだろうか。

『そんなことない』なんて、全然思えない。

だって、彼は神様みたいに見えるけど、優しそうではないし、やはりどこか怖さがある。

「でも……」

「遠慮はいらない」

「さん付けはダメですか？」

彼は黙って首を横に振る。唇を引き結んでいて、いつまでも敬語を使っていると、怒らせてしまいそうな雰囲気があった。

怒らせるくらいなら、言うことを聞いたほうがいい。ミランは思い切って呼んでみた。

「……リヒト」

彼は小さく頷いた。

よかった。怒られなかった。

「……リヒトは冥王だって言うけど、人間とは違うの？」

「人間に見えるか？」

質問を返されて、ミランは彼をしげしげと見つめる。

姿形は人間だ。しかし、どこか人間とは違う雰囲気がある。かといって、不気味な存在でもない。

外見だけなら、神々しいくらい綺麗だし……。

神様みたいだと思ったが、なんとなく言いづらい。

彼の機嫌を損ねたくない一心で、ミランはあやふやな答えを口にした。

「人間のような、そうでないような……」

「正解だ」

「えっ、何が正解？」

「人間のような、そうでないような……そんな曖昧な存在が私だ」

ミランは首をひねった。

どうもスッキリしない。だが、彼はそれ以上語らなかった。つまり、これ以上、追及してはいけないのだろう。

とにかく彼は冥王で、人間のような、そうでないような存在なのだ。

それより、優先すべきは彼の機嫌を損ねないことだ。

「質問はそれだけか？」

「今のところは……」

「よし」

彼はそれだけ言うと、また歩き出した。ミランは慌てて後を追う。彼の歩き方は優雅なのに速くて、小走りになって追いかけた。

だって、置いていかれたくない。

彼から離れたら、自分はこの世界でまた一人きりになってしまう。

それが怖くて、振り返りもしない彼の背中を追っていく。

彼の銀色の髪がなびいている。袖なしの長羽織はロングコートのような長さがあり、歩く度に裾が翻った。

彼は姿勢がいい。ミランは懸命に追いかけながらも、颯爽とした歩き姿に見惚れていた。

最初に入ってきた門とは別に、敷地の横側にも庭木に隠されたように小さな門がある。そちらの門を出て、塀に沿った道を進んでいくうちに、何やら人の話し声が聞こえてきた。一人や二人ではない。たくさん人がいるようで、子供の笑い声も交じっている。

敷地の裏手に小道があり、その向こうに草が生えた土手があった。二メートルくらいの高さだろうか。

彼はそこを上がっていくので、ミランもついていく。土手を越えた先はなだらかに下っていて、眼下には川が流れている。岸がはるか遠くに見えるくらいの幅がある川だが、さほど深くはないようだ。ただし、流れは意外と速そうだ。

川の両岸には広い河川敷もある。土手や河川敷に多くの人が座ったり佇んでいたりした。年齢はばらばらだ。若い人もいれば、年寄りもいる。中には子供もいた。そして、男もいれば女もいる。服装もさまざまだ。一人でぽつんといる人や、何人かで一緒に座っている人もいる。

彼らは柔らかな日の光のもと、日向ぼっこでもしているのだろうか。ぼんやりとただ座っている人もいるし、会話している人達もいるが、全体的にのんびりしていて、のどかな光景だった。

でも、みんな亡くなっているのよね……。

リヒトの言う言葉を信じるのなら、そういうことになる。

「あの人達は何をしているの？」

ミランはリヒトに尋ねた。

「川の流れに癒されているだけだ」

確かにせせらぎをじっと聞いていると癒される。ミランも土手にずっと座っていたら、彼らみたいにぼんやりしてしまうかもしれない。

「亡くなった人は癒しを求めているの？」

「死者は冥界で魂を浄化する。美しいものを見て、耳に優しいものを聞き、心地いいものを味わい、それぞれ好きなことをして、人間界で受けた傷を徐々に癒していく。そうするうち、生きていた頃の記憶が薄らぎ、すべてが浄化され、新たな人間として生まれ変わる」

　ふと、ミランは幸せそうな表情をしていた老女を思い出した。

「最初に会ったおばあさんは光っていたし、なんだか消えそうだったの。そろそろ旅立つ頃合いだって言ってた」

「真っ新な魂に近づけば、姿が光り、だんだん透明になっていく」

「そうなのね……。ここにいる人達は生きている人間と変わりなく見えるけど、そのうちに……」

「ああ。おまえが会った老女と同じ道を辿（たど）ることになる」

　そのとき、すーっと爽（さわ）やかな風が吹いてきて、木々がざわめいた。一人の女性が静かに立ち上がって歌い始める。

　それは懐かしい童謡だった。故郷を想う歌だ。澄んだ美しい歌声は、風に乗って優しく鼓膜（こまく）を揺らす。誰もが女性の歌に耳を傾けていて、うっとりしていた。

「彼女は歌うことが何より好きなんだ。こうして歌を歌っては、人の心を癒している。そして、歌っている本人も癒されていく」

女性の歌に合わせて、別の男性も歌い始める。つられたように、次々にみんなが歌い始めて、合唱になった。

歌わない人達も手拍子を打ったり、身体を揺らしている。子供達ははしゃぎ出して、ぴょんぴょん飛び跳ねていた。

とても平和で穏やかな光景だ。

「なんか楽しそう」

「楽しむのが仕事みたいなものだからな。ここにいる彼らは浄化がかなり進んでいて、恐らく生きていた頃の記憶はもうほとんどないだろう」

ふと、ミランは疑問に思った。

「わたしが記憶を失っているのは、どうしてなの？　ほとんど何も覚えてないけど、ここに来て、みんなと同じように浄化されてしまったの？」

そう尋ねると、リヒトは首を横に振った。

「おまえは来たばかりだと思う。記憶がないのは……恐らく別の理由があるのだろう。ただ、いつまでも肉体から離れていたら戻れなくなるし、そうすれば浄化されることになる」

つまり、本当に死んでしまう……。

ミランはぞっとした。

でも……生きていて、何かいいことがある？

記憶がないせいかもしれないが、とにかく自分の肉体に戻りたいとか、もっと生きていたいという気持ちにならなかった。

ミランの心の中は空虚だ。

どこまでも虚ろで何もない。今のところ記憶なんて戻りそうになかった。

自分は諦めの境地に入りつつある。何故なら、ここにいる人達は亡くなっているのに、みんな楽しそうにしているからだ。

独り言のように呟く。

「こんな綺麗なところが冥界なら、ずっとここにいて、浄化されるのも悪くないかも……」

「ダメだ」

妙にきっぱり否定されて、胸がズキンと痛む。

誰かに自分を否定されるのは嫌だ。ほんの少しでいいから認めてほしい、と思ってしまう。

それが何故なのかは判らない。もしかしたら、忘れた記憶に理由が隠されているのかもしれないけれど。

気持ちはたやすく落ち込んでしまう。けれども、弱い自分を人に見せるのが嫌で、無理に笑顔を作った。

「そうね。わたしみたいなのが紛れ込むなんて迷惑だもんね」

「そうじゃない！」

更に厳しい声を出されて、どうしていいか判らなくなる。空気を読んだつもりが間違ってしまい、疎ましがられたのだろうか。

だけど、泣いたりしたくない。泣いたりしたら、もっと嫌がられる。

笑わなくちゃ。傷ついていないふりをしなくちゃ。

ミランはなんとか笑顔を作ろうとした。

「そんな顔をするな」

「そ、そんな顔って……」

リヒトはいきなり両手を伸ばし、ミランの頬を包んだ。

花畑を思い出す瑠璃色の瞳が間近に見えて、ドキッとする。彼の厳しい眼差しはまっすぐにミランの目を見つめていて、心の奥底まで見通されているようだった。

「無理して笑うな」

「え……でも……」

「泣きたいときは泣いていい。落ち込んでいるときに笑顔を作るな」

泣いたら疎まれる。嫌われる。叱られる。

笑っていれば、いつか誰かが笑顔を返してくれる。少なくとも嫌われずに済む。

記憶にはないけれど、ミランはいつだってそうやって作り笑いをしてきた気がする。そのとき、記憶の欠片が頭の中を過った。だが、捕まえる前に、それは通り過ぎてしまう。

リヒトの真剣な眼差しを、ただミランは見つめ返す。

「おまえは素直に感情を表していいんだ。私の前で自分を偽ろうとするな」

「わたし……」

そんなふうに言ってくれた人は、今までいただろうか。もしいたとしたら、肉体に戻りたいと思ったはずだ。だから、きっといなかった。

彼の言葉が胸の奥にまで沁み込んでくる。

どうして彼はわたしが無理に笑っていたことに気づいたの？

どうしてわたしの心の中が判ったの？

『偽るつもりなんてなかった』と答えたかった。だけど、不意に涙が込み上げてきて何も言えなくなる。

ぽろぽろと涙が零れ落ち、頰を伝って、彼の指を濡らした。それでも黙って見守り続けてくれている。

ああ……この人、厳しい言い方をするけど、怒っていたわけじゃなかったんだ。それどころか、わたしを心配してくれている。

怒っているように見えたのは、勘違いだった。

肩の力がすっと抜けていくのが判った。

「わたし……不安だったの。一人で知らない所に来て、覚えていることはほとんどないし、今リヒトに嫌われたら、どうしようって……。泣いたりしたら、きっともっと嫌われるかもらって……」

本音を言葉にすると、すっと気持ちが晴れていく。

この世界にいる人達はみんな死んでいて、もはや浄化されつつある。ゆえに、あの老女のように話があまり通じないのだろう。だから、ただ一人、ミランの状況を理解してくれ、話が通じるリヒトに見放されるのが怖かったのだ。

それをごまかさずに伝えたことで、自分の心に初めて素直になれた。

リヒトは困ったような顔をしていた。

「そうか……。不安だったのか。悪かった。気がつかずに」

彼は両手をミランの頬から離すと、袂から取り出した手拭いで涙に濡れた顔を拭いてくれる。

「あまり心配するな。私は何があろうと、おまえを嫌ったりしない」

初めて会ったのにどうして断言できるのだろうか。とはいえ、彼の言葉や行為が嬉しかった。単純かもしれないが、胸の中がじんわりと温かくなってくる。

「……ありがとう」

リヒトは袂に手拭いを仕舞うと、ミランから視線を逸らした。

「礼はいい。私は冥王だからな。おまえを無事に人間界へ返す義務がある」

義務……。

ああ、そうよね。

温かい気持ちがたちまち冷えていく。

自分のすべてを受け入れてもらえたみたいで嬉しかったが、彼にとっては侵入者であるミランを帰すことは仕事の一環でしかない。

誰かに期待してはダメ。

だって、期待していたら、裏切られたときにつらいから。

でも本心では、この世界でのんびりと過ごせたら、どんなに心が安らぐだろうと思ってしまう。

魂が肉体と離れる何かが起きたのだとしたら、どうしてわたしは死ななかったのだろう。いっそ死んでしまえばよかったのに。

だけど、そんなことを言ったら、リヒトにまた窘められる。ミランは黙って目尻に溜まった涙を指で拭った。

「……わたし、花畑や森の中では人に会わなかったの。でも、ここにはたくさん人がいる。みんなこの河原が好きなの？」

「ここは癒されるから人気らしい。だが、彼らもずっとここにいるわけではない。たまま、おまえがいた所に人がいなかっただけだ」

少ないどころか、誰もいなかったのだが……。

それに、森の木々に囲まれた花畑は、意図的に隠されているようでもあった。

「本当に、冥界は魂を癒すためだけのところなのね」

亡くなったのち、生まれ変わるまでの期間しか、人はここにはいられないのだ。そう思うと、少しもの悲しい気持ちになってくる。

「誰もが冥界に来れば自然と癒され、浄化されていく。問題は……死んでも魂が現世——人間界に留まり続けることだ」

「それって……幽霊？」

「そうだ」

死んでもいないのに冥界に来てしまったミランとしては、死んでも現世に留め続けられるなんて、理不尽に感じてしまう。

リヒトがこちらに目を向けてくる。

「おまえにひとつ頼みがある」

いきなり頼みがあると言われて戸惑った。だけど、自分でも役立てることがあるのなら、何かしてみたい。

「はい……」

「人間界に留まっている魂は輪廻（りんね）の輪に入れないでいる。私は魂を救済するために、冥界に連れてくる仕事もしているから、その手伝いをしてもらいたい」

「わ、わたしにできるなら……」

とはいえ、正直自信はない。簡単なことならいいが、どうやればいいのだろう。

「代わりに私はおまえが記憶を取り戻す手伝いをしよう。ここにいる間の面倒も見てやる」

ミランはほっとして頷いた。

記憶を取り戻すのは難しそうだが、彼に手助けしてもらえたらなんとかなる気がしてくる。

それに、記憶がすぐには戻らなかったとしても、彼が面倒を見てくれるなら、冥界にいてもあまり不安に思わなくても済む。

とはいえ、彼に頼りすぎるのもよくない。

突然、突き放されたりしたら怖いから。

甘えすぎず、信じすぎず、とにかく彼の手伝いができるように頑張ろう。そうすれば、きっとなんとかなる。

「あの……頑張ります」

「では、おまえと同じ仕事をする仲間を紹介しよう」

リヒトは長羽織を翻して、ミランに背を向けた。

再び早足で歩いていくリヒトの後を追い、ミランは屋敷の敷地内に戻った。

屋敷の中央——石畳の通路から続く階段を上ったリヒトは、木製の引き戸に手をかけ、それを開け放つ。最初はお寺のようだと思ったが、中に仏像などはなかった。

床は板張りで天井は高く、ずいぶん広い部屋だ。それこそお寺の本堂ほどの大きさで、数十人もの人が座れるくらい広い。

部屋の真ん中に、他の床より一段高くなっている部分がある。そこには四方には柱があり、天蓋ベッドみたいに飾りのついた色とりどりの布が垂れていた。その中に複雑な彫刻がされた豪華な椅子が置いてある。

玉座……みたい。

リヒトは履き物を脱いで、部屋の中に入った。ミランも同じように靴を脱いで上がる。

「お……お邪魔します……」

室内の広さに圧倒されながら、小さな声を出す。天井が高いせいか声が響いた。

「ここは正式には玄関ではないが、出入りはできるから、私は玄関として使用している。おまえも好きなところから出入りするといい」

好きなところ……というと、他に出入りできる場所がたくさんあるということか。正式な玄関以外に勝手口もあるのかもしれない。

「はい。でも、ここは……元々なんのための部屋なの？」

「公式な謁見の場……といったところだ。あの椅子に座ると、冥界に来たばかりで何かと文句をつけたがる者に対しては効果がある。他には形式的に使うだけだな」

戸を開け放したままにしておけば、外の階段下にいる人間からすると、椅子に座る人を仰ぎ見ることになる。権威も感じるだろう。

玉座に鎮座するリヒトを想像していると、部屋の左側のほうから引き戸を開く音がした。

「リヒト様……」

三人の女性達が、楚々とした歩き方で入ってきた。

彼女達はお揃いの和装をしている。白い上衣は着物風で、その上から袖なしの長羽織を着ているが、下衣は袴ではなく、襞のついたロングスカートのようなものだ。それから、長羽織の上からウエストあたりをそれぞれ綺麗な色の帯を締めていた。

髪は独特な形に結い上げられ、かんざしを挿している。どの女性も美貌の持ち主で、これで領巾でも身に着けていれば、まるで天女みたいだとミランは思った。

ただ妙なことに、三人とも顔や身体つきが似ている。

格好からして、彼女達は亡くなった人間というわけでもなさそうだ。冥界人——なのだろうか。

女性達は少し離れた場所で揃って頭を垂れる。

「お帰りなさいませ。何か御用があれば承りますうけたまわ」

リヒトはミランに女性達のほうを指し示した。

「彼女達は女官だ。ここの雑用を担になっている」

今度は彼女達のほうを向く。

「この娘はミランだ。しばらく屋敷に住まわせることにする。部屋の用意を頼む」

「かしこまりました」

女官達は顔を上げると、ミランを見て、にっこりと笑う。

「ミラン様。早速、部屋のご用意を致します」

「あ、えーと……何か手伝いましょうか?」

自分の用事を他人にやってもらうのは気が引けた。

自分のことは自分でやる。他の人もできるだけ手伝う。それがミランにとっての『当たり前』だ。

しかし、リヒトが横からそれを遮さえぎる。

「おまえには他にやってもらうことがある」

「……はい」

そうだ。仕事の手伝いをするよう頼まれているのだ。女官達は恭うやうやしく礼をすると、静かに廊下へ退出していった。引き戸が静かに閉められて、再びリヒトと二人きりになる。

リヒトは部屋の右側へ向かい、そちらの引き戸を開いた。

「ここは私の執務室になっている。普段はここにいることが多い」

こちらも板張りの部屋で、大きな黒い机や椅子が置いてあった。玉座と同じように複雑な彫刻が施されている。部屋の壁には棚がたくさんあり、書類が積み重ねられていた。窓には障子があるのに、天井からアンティークなシャンデリアがぶら下がっていて、和洋折衷の雰囲気がある。

「この書類は……？」

冥王の仕事とはなんだろうと思いながら、ミランは尋ねた。

「今、冥界にいる者達の記録だ。新しく冥界に入ってきた死者が必ず通過する関所に、生きていた頃の記憶を引き出す『真実の鏡』というものがあるんだ。それに映し出された情報を記録する決まりになっている。私は記録を読み、もし特別な措置が必要なら対応する」

置いてある書類の枚数を見ると、これを読むだけでも大変だ。しかも、冥王の仕事はきっともっとあるのだろう。

冥界にいる死者の魂の数がこんなに多いとは思わなかった。浄化するまで冥界にいるわけだから、魂によっては長くかかる場合もあるのかもしれない。

「浄化が完了して冥界にいなくなるときも、関所みたいなものはあるの？」

「いや、自然と消えて、いなくなるだけだ。ただ、魂が浄化したら、私には感知できるから、その記録は地下の保管庫に入れる」

「地下があるの？」

「かなり広い。だが、無尽蔵(むじんぞう)に入るわけではないから、古い順に処分することになる」

そんな雑用もリヒトがするのだろうか。

「全部一人でやるの？」

「冥界の管理は多岐(たき)に亘(わた)るから、一人ではできない。仕事を手伝う官人達がいる。彼らと会ったときにでも紹介しよう」

リヒトはまた先に立って歩き、屋敷を案内してくれた。執務室の奥には彼の私室があるという。ちらりと見ただけだが、畳の間で、落ち着いた和室だった。

つまり、玉座のある部屋から向かって右側は、執務室を含めリヒトのためのエリアということらしい。左側が官人や女官が頻繁(ひんぱん)に出入りする公的なエリアとなっているようで、そちらも少しだが見せてもらった。

会議室みたいに長い机とたくさんの椅子がある部屋や、応接室のように豪華な長椅子やテーブルがある部屋、屋敷で働く人達の待機部屋などがある。どこも板の間ながら窓には障子がついていた。ミランが探していた玄関はこちらにあった。

そのエリアにいた三人の男性を紹介され、挨拶を交わす。彼らは官人と呼ばれる人達で、袴姿だが上衣の袖がシャツのようにぴったりしていて、作業がしやすそうに見えた。さっきの女官と同じで、顔は違うのに、何故だかいずれも似たような雰囲気を持っている。

屋敷には和風の中庭があり、その中央には小さな池があった。公的なエリアから渡り廊下が延びていて、離れに続いている。

離れは中庭に沿って廊下があり、廊下を辿っていくと厨房や風呂がある。更にそこは屋敷の右側――リヒトの私室の廊下と繋がっていた。敷地の奥には官人や女官が住むエリアがあるらしい。

リヒトは一通り屋敷内を案内すると、再び離れの廊下に戻った。離れにはいくつか部屋があるようで、リヒトはその一室の木製の引き戸を軽くノックした。

「リヒトだ。入るぞ」

彼は声をかけると、引き戸を開く。ミランは彼の後ろから中を覗いた。

そこは畳の部屋で、こぢんまりとしている。窓にはやはり障子がついていて、行燈や茶簞笥などが置いてある。襖もあり、少し時代がかった和の雰囲気が漂う部屋だ。

真ん中には座卓があり、普通に現代人の服装をした二人の男性が座布団に座っていた。彼らが、ミランが頼まれたのと同じ仕事をしている人達なのだろう。

一人は三十代くらいの短髪の男性で、男らしい顔立ちをしている。鋭い目つきのせいか厳めしい。肩幅が広くて、筋肉質な体型だ。恐らく長身だろう。白いシャツに黒い革のジャンパーを羽織っている。

そして、もう一人はミランより少し上——二十歳くらいだろうか。顔は色白で繊細な印象があり、少しだけ長めの茶髪。細身の体型で、やや少年っぽい感じがした。黒いTシャツの上から水色のシャツを羽織り、細長い水晶のペンダントをお守りみたいに提げている。

若いほうの男性は目を見開き、リヒトの後ろにいたミランを驚いたように見つめていた。

「その娘……！　どうしてここにいるんだっ？」

そこまで驚くことなのか。ミランには判らないけれど、自分と死者の間には何か明確な違いがあるのだろうか。

そもそも、彼らは何者なのだろう。冥界人なのか、それとも死者なのか。しかし、死者が他の死者の魂を冥界に連れてくる仕事をしているというのは、なんだか変だ。

リヒトはミランを室内に招き、畳に座った。ミランは腰を落として引き戸を閉め、改めて彼の斜め後ろで正座をする。隣に座るのは馴れ馴れしい気がしたからだ。

彼はミランにちらりと目をやり、二人に紹介した。

「魂だけ間違ってここに来てしまったようだ。ただ、記憶がなくて、そのために肉体に戻れずにいる」

「なんだって……！　本当に何も覚えてないのか？」

若いほうの男性が話しかけてきた。

「はい。あ、名前だけ覚えてます。たぶん名前だと思うけど……。ミランっていいます」

「名前だけ……」

彼はリヒトのほうを見遣（みや）った。

「何も覚えてないんじゃ、肉体に戻れない。一体どうしたら……？」

「思い出してもらうために、おまえ達と一緒に仕事をしてもらうことにした」

「それはよくない！　危険すぎる！」

「えっ、そんなに危険な仕事なの？」

驚いたミランはリヒトの横顔を見つめる。大変そうな仕事だとは思っていたが、危険が伴（ともな）うとまでは想像していなかったのだ。

この仕事、本当にわたしにできるの？

しかし、彼はほとんど表情を変えず、涼しい顔をしていた。

「多少の危険はあるが、仕方ない。記憶を取り戻すには、元いた場所に出向いたほうがいいからな。私が彼女にいつもついているわけにはいかないから、おまえ達に頼む」

「だけど……」

若いほうの男性はまだ何か言おうとしていたが、リヒトに遮られる。

「このうるさい男がユズキ。そして、黙っている男がクウヤだ。二人は組んで仕事をすることが多い。ミランは彼らに同行してくれ」

「あ……はい。よろしくお願いします。ユズキさん、クウヤさん」

結局、冥界で一番の権力を持つリヒトが決めたことだ。彼らもリヒトには逆らえないようだし、無論ミランもそうだ。

ミランは彼らにペコリと頭を下げた。

『うるさい男』と呼ばれたのが不本意だったのか、ユズキは顔を真っ赤にしてリヒトを睨んだ。が、すぐにミランへ目を向け、ふてくされたように挨拶を返してくれる。

「オレはおまえに仕事させるなんて反対だけど……でも、よろしくな。あ、さん付けはしなくていいから。ユズキでいい。敬語もナシで」

一応、優しい口調だったが、不機嫌そうな顔つきをしている。これから一緒に仕事をする仲間に、最初から嫌われてしまったのだろうか。

それにしても、またもや敬語は使わなくていいと言われた。初対面で、相手は明らかに年上なのだ。仕事の上でも彼らに世話になることになる。普通に敬語を使ったほうが、自分としては気が楽だ。

でも、敬語を使うなと言われたら、そうしたほうがいいよね……。

今まで黙っていたクウヤも口を開いた。

「俺もクウヤでいいし、敬語もいらない。ユズキと同じく、一緒に仕事をすることに関してはあまり気乗りがしないが、よろしく」

クウヤは少し笑ってくれたが、歓迎している様子でもなかった。表情もあまり変わらない。これから彼らと一緒にやっていけるのか、不安になってしまう。

「まあ、とにかくこっちに来いよ。話を聞かせてくれ」

ユズキは押し入れから新たに座布団を出し、元々出されていた座布団も含め、座卓を囲むように置く。

今までユズキとクウヤは向かい合わせに座っていたが、リヒトがクウヤの隣に座ったので、ミランは自動的にユズキの隣になる。

座卓の上には湯呑(ゆのみ)があり、二人はお茶を飲んでいたようだ。

「ああ、茶でも飲む？」

ユズキが席を立とうとするのを慌てて止める。

「あ、お茶を淹れるくらい、わたしが……」

「おまえは座ってろよ」

ここでは自分が一番の新入りだ。それを抜きにしても、このメンバーなら一番年下のミランがお茶を淹れるのは当たり前だろう。けれども、ユズキは年功序列など気にしていないらしい。

でも……でも、わたしは気になる。

ミランは落ち着かなかった。こういう雑用は自分がやるべきだと思ってしまう。

彼は部屋の隅にある茶箪笥から湯呑を出した。そして、茶箪笥の隣に置かれていた小さな火鉢で温められていた黒い鉄の薬缶を手に取り、急須にお湯を注いでいく。

「お湯が欲しいときは女官に言えば、持ってきてくれるよ。オレ達はリヒトの客人みたいな扱いだから、他にも用があるときは彼女達に言えばいい」

リヒトの客人……ということは、やはり彼らは死者ではないのだろう。

ユズキは急須から湯呑にお茶を淹れて、リヒトとミランにくれた。

「ありがとうございます」

「ああ、だからぁ、さっきも言っただろ。敬語はやめろって」

ユズキは鬱陶しそうに顔をしかめて、手を横に振る。

ああ、またやってしまった。ミランは咄嗟に頭を下げた。

「すみませんっ。……あ、違った。ごめんなさい……じゃなくて、ごめん？」

急にタメ口の使い方が判らなくなって、首をかしげる。それを見て、ユズキが噴き出した。

「普通でいいんだよ。そりゃあ、そっちの二人はおっかなそうに見えるから、敬語を使いたくなるのも判るけど、オレとそんなに歳も変わんないだろ？」

それはそうだ。雰囲気も他の二人ほど威圧感がない。ごく普通の若者だ。

「うん。判った」

ユズキは大きく口を開けて笑った。

「そうそう。その調子」

彼とは話がしやすそうなので、ほっとする。

けれども急にまた不安が頭をもたげてくる。話しやすいからといって、あまり馴れ馴れしくすると気を悪くさせてしまうかもしれない。

そうよ。適度の距離は必要。

ミランは緩みそうになる気持ちを引き締めた。

「そうだ。菓子もあるよ。食う？」

止める間もなく、ユズキは茶簞笥から蓋のついた菓子器を出してくる。彼が蓋を開けると、中にはせんべいが入っていた。

「冥界にも食べ物があるなんて思わなかった……」

「あるにはあるさ。ただ、冥界での食べ物は味覚を楽しませるだけで、霞みたいなもんかな」

見た目は普通のせんべいだ。

でも、栄養とかがないのかな。肉体がないなら、栄養なんて必要じゃないものね。

ミランはせんべいをつい凝視してしまった。

「霞でもそれなりには満足するけど、オレとクウヤにはこっちの食べ物は物足りないんだよなあ。だから、仕事で人間界に行ったついでに、あっちでガッツリ食ってるんだ」

人間界のものを食べるということは、彼らはやはり人間なのだろうか。

でも、人間かどうかなんて訊いていいかどうかも判らない。失礼になる気もする。

いろいろ考えていると、その様子を見ていたリヒトが口を開いた。

「訊きたいことがあるなら、訊けばいい」

「えっ、あの……」

三人の視線が自分に集まり、口ごもる。

失礼かもしれないが、やはり彼らと仕事をするなら、ここは知っておきたいところだ。

「あの……お二人とも人間？　それとも霊……」

「人間だよ！」

ユズキが怒ったように言った。大きな声に萎縮して、思わず謝ってしまう。

「ご、ごめんなさいっ……」

「……いや、こっちも怒鳴ってごめん」

ユズキが謝ってくれて、少しほっとする。けれども、怒鳴ったことに対して謝ってくれただけで、ミランの質問にはまだ怒っているかもしれない。

だけど、ちゃんと知っておきたい。別の場面でまた失礼なことを口走ってしまう前に。

「冥界人というわけじゃなくて……人間界の人間で、わたしみたいに魂だけこっちに来ているの？」

「いや、オレもクウヤも肉体ごと冥界に来ている。もちろん冥界人じゃないぜ」

つまり正真正銘の生きている人間ということだ。

「じゃ、じゃあ、どうやって冥界に来たの？」

「それは……まあ、いろいろあるんだよ。複雑な事情ってやつがね」

深く突っ込まれたくないようなので、それ以上は訊かないことにした。とはいえ、彼らが何者なのかがはっきりしてよかった。

「答えてくれてありがとう」

ミランは改めて向かい側に座るリヒトに目をやった。

彼は黙ってミランとユズキを見ている。腕組みしているクウヤもミランを凝視していた。目つきが悪いから、じっと見られていると少し怖い。まるで睨まれているようだ。

機嫌が悪いのかもしれないが、これから一緒に仕事をするなら、ユズキとばかり話をしているわけにはいかない。ミランは恐る恐る彼に話しかけてみた。

「クウヤさんは……」

「クウヤでいい。敬語もいらない」

ユズキはまだミランとあまり変わらない年齢だが、クウヤは十歳以上年上のようで、呼び捨てするのはかなり気が引ける。とはいえ、本人が希望しているとおりにしたほうがいいだろう。

「クウヤは……」

上目遣いで彼を見ると、大きく頷(うなず)いた。

怒ってはいないみたい。

「……いつから冥界にいるの？」

「ずいぶん前からだ」

曖昧に答えられて、次の言葉が出てこなかった。ここで年数を訊いても意味はないような気がする。

「え、えーと……」

「無理して話しかける必要はない」

無理していることを見抜かれて、ミランの頰は赤くなる。

「ごめんなさい」

「謝るな。おまえは何も悪くない」

確かに悪くはないのだろうが、ぶっきらぼうに謝罪を拒絶されたら何も言えなくなってしまう。リヒトは腕組みをしながら、相変わらずじっとこちらを見つめている。ミランは黙って下を向いた。

すると、突然ユズキが咳払いをした。

「ところで、リヒトは彼女に、具体的にどんな仕事をさせるつもりなんだ？　たとえば、見張りとか記録係とか？」

リヒトはユズキに視線を移す。

「おまえ達がやっているのと同じ仕事だと言っただろ。最初は手伝いから始める」

「ちょっ……！　この娘を本当にオレ達と同じことさせるつもりのかよ。なあ、やっぱ無理だって。危険もあるし、絶対できねえって」

すごく嫌そうに言われて、ミランは胸が痛くなる。

とにかく誰にも嫌われたくない。そのためには、役に立たなくてはいけない。

役に立てば……きっと自分を認めてもらえるはず。

「あの……わたし、一生懸命、頑張るから！　努力すればきっとできると思うから」

本当のところ、努力すればできる仕事なのかどうかさえ判らない。けれども、そう信じたかった。

ユズキは横で重い溜息をついた。

「あのなあ、本当に危険なんだよ。冥界へ行けずにさ迷っている霊ってのは、現世にものすごい執着心を持っていることが多いんだ。その執着を取り除けばいいわけだが、中には恐ろしいレベルの執着心を持っている奴がいて、こっちを攻撃したりする」

攻撃されるのは恐ろしい。執着を取り除く方法だって、よく判らない。そんな状態で仕事をしようというのは、甘いのだろうか。

ユズキは話を続ける。

「いわゆる悪霊ってやつだ。いいか。悪霊に攻撃されたら、魂だけのおまえは大変なダメージを受けるんだ。記憶を取り戻すどころじゃないんだぞ。その辺、覚悟があんのかよ？」

「か、覚悟って言われても……」

ミランはすっかり困ってしまって、目を上げた。クウヤはユズキと同意見のようで頷いている。リヒトは無表情だったが、こちらをまっすぐ見つめつつ、小さく溜息をついた。

まともに目が合うと、ドキッとする。

彼の眼差しには力があった。威圧感があるというか、視線を逸らすのが難しい。

ついさっきまで努力すればできると言っていたくせに、ちょっと脅かされただけですぐに弱気になったことを責められているみたいだ。

リヒトは静かに話し始める。

「もちろん危険はある。だが、ミランのことはおまえ達が守ってくれると思っている」

「ちょっと待て。守りながら仕事をするのは……」

意見を言いかけたクウヤを、リヒトは手で制する。そうして、すっと立ち上がった。

「ミラン……」

「えっ」

おまえも立てと言われているのか。ミランも戸惑いながら立ち上がった。リヒトはミランの手を取り、肩を抱き寄せる。

ええっ！

長身のリヒトに肩を抱かれると、身体(からだ)が丸ごと包まれるようだった。着物を着ているせいなのかもしれないが、ミランは不思議と懐かしい温もりを感じて——胸がときめく。

「目を閉じろ。私がいいと言うまで目を開けるな」

彼の言葉にも力がある。ミランはそれに従った。

ユズキが何か怒鳴ったが、その声は消えていく。何も聞こえなくなり——やがて、ふわりとした浮遊感を覚える。

えっ！　飛んでる？

しかし、それはほんの一瞬のことで、ミランは地面に着地したようだった。

同時に騒がしい音が聞こえてくる。

ミランの身体から彼の腕が離れていくのを感じた。

「目を開けていい」

ミランは恐る恐る目を開いた。

二章　夢のように美しい世界

そこは車が行き交う四車線道路沿いの歩道だった。

かなりの交通量で、ミランは突然現れた風景に驚く。車道の向こうにはスーパーがあり、他にも店が並んでいる。マンションも建ち並び、歩道にはベビーカーを押す女性や買い物バッグを提げて歩く老夫婦の姿があった。

「ここは……どこ？」

「現世だ。生きている人間が暮らす人間界。おまえの肉体はここのどこかで眠っている」

ミランの横を、幼児を後ろに乗せた自転車が走り抜けていく。冥界(めいかい)は静かで自然が多かったから、あまりにも違う場所に連れてこられて眩暈(めまい)を感じる。

でも、なんだか……。

見覚えのある場所だ。

記憶はなくても、心に引っかかる。

思い出せそうで思い出せない。

街路樹の銀杏が色づき始めている。今は秋なのだ。その風景に心が刺激されたけれど、それもすぐに消えてしまった。

「何か思い出したか？」

「ううん。でも……」

ミランははっと目を見開いた。

リヒトの姿が冥界にいたときと違う。冥界での彼は和装だったが、今は現代的な服装をしている。黒いシャツに黒いスリムなパンツを身に着けていて、銀髪はそのままだが、ひとつに緩く結んでいる。

「服、どうしたの？」

着替える暇なんかなかったはず。気がついたら、彼は別の服装に変わっていたのだ。

ミランがじろじろ見ているせいか、リヒトは自分の服にちらりと目をやる。

「これなら違和感はないだろう？」

違和感はないどころか、似合っている。けれども、そんなふうに言うのは恥ずかしかった。

「そうだけど……場所だけじゃなくて、いきなり服が変わったからビックリしてしまって

「……」

「私は人間にはできないこともできる。まったく不思議ではない」

確かに、冥界からいきなり人間界に移動するのも普通じゃない。それを考えれば、服装が変わったことくらい大した問題ではないのかもしれない。

他に何ができるのだろうか。

そこまで細かい質問に答えてくれそうにない。まして、実演なんて絶対にしてくれないだろう。

彼は言葉を続けた。

「もっとも、私の姿は人間には見えていない。必要があれば姿を現すこともあるから、この格好をしている」

「えっ、じゃあ、わたしは？」

「おまえも見えていない」

「本当に……？」

ミランは慌てて身体を確認してみた。もちろん魂だけだというのは理解しているつもりだ。それでも、自分には普通に見えているのに、他の人の目には見えていないという事実に驚くしかない。

「透き通ったりしていないのに」

「今のおまえは肉体と魂が離れた霊体だからだ。その代わり、普通の人間には見えない霊が見える」

ミランははっと思い出した。これからさ迷える魂を冥界に送る仕事をするのではなかったのか。

「わたし、ユズキやクウヤと一緒に仕事するんじゃなかった？」

「あいつらはおまえに仕事をさせることに反対している。ならば、私が手本を見せてやろうと思った」

それなら、先に説明してほしかった。でも、いちいち説明する必要を感じなかったのだろう。

リヒトはミランの面倒を見てくれているけれど、どこか突き放している。

もちろん、彼がミランの気持ちまで配慮する理由はない。冥王なのだし、間違って迷い込んだ魂に親切にする義理もないのだ。

とにかく、自分にできることはちゃんとやろう。誰にも迷惑をかけないように。

心細くて、つい甘えたくなる気持ちを封印する。

リヒトは冥王。わたしは人間。

冥王自ら仕事の手ほどきをしてくれるのだから、それに感謝しなくては。

ミランは気持ちを切り替えようとした。

「それで、わたしは何をすればいいの？」

今のミランには霊が見えるという。とはいえ、とりあえず道行く人は普通の人間にしか見えない。

「まず霊を見つけろ」

そんなことを言われても……。

困惑しながら、もう一度ゆっくりと辺りを見回してみる。

すると、少し離れた交差点の横断歩道を、一瞬黒い影がよぎったような気がした。見間違いかもしれない。もう見えないからだ。

交差点では一人の若い女性が信号を待っている。ミランは彼女に目を留めた。

なんだか様子が変だ……。

彼女は二十代後半くらいだろうか、長い髪をシニョンにまとめて、袖なしの白いワンピースを着ている。向かい側の歩道で信号を待つ三人の人達と違うのは、彼女だけが真夏の服装だということだ。それに全体が薄ぼんやりとしていて、精気が感じられない。

「あの人が霊？」

尋ねると、リヒトは頷く。

彼女一人だけがくっきりした色に見えない。灰色の靄がかかっているみたいだ。これが霊を見分けるコツなのだろう。

「冥界に連れていくにはどうしたらいいの？」

「まずは観察したらいい。冥界に連れていく方法はさまざまだが、その魂に合わせて最善の方法を考える」

ミランは女性にそっと近づいた。不躾に視線を向けているのに、彼女はまったく反応を示さない。

女性はしばらくうつろな目で行き交う車を見ていたが、急に車道へ飛び出した。

「危ない！」

思わず叫んで駆け出すも、ミランは立ち止まる。

女性はまるで誰かを庇うように車の前へ身を投げた。しかし、車は倒れた彼女の上を通り過ぎていく。

あ……そうだ。肉体はないんだ。だから……。

気づくと、彼女は元の場所に戻っていた。また信号が変わるのを待っているのだろうか。

どういうこと？　彼女は一体何をしているの？

そんな行動を取る理由が想像もつかなかった。

「あの人……どうして車の前に飛び出したの？」

ゆっくりと自分の隣に立ったリヒトに尋ねる。

「彼女はここで車に撥ねられて死亡した。飛び出した幼い息子を庇うために……。息子は彼女のおかげで助かったが、彼女にはそれが判らないんだ」

「判らないの？」

「彼女の頭の中には、息子を助けることしかない。それこそが、この世への執着だ。だから、何度も何度も車の前に飛び出している」

「何度も……何度も……？」

胸の奥に悲しみがじんと響く。

肉体をなくしてさえ、今なお息子を救おうと車に轢かれているのだと思うと、切なくなってくる。

リヒトの低い声が響く。

「母親とは情の深い生き物だな」

情の深い……。母親……。

ふと、ミランの頭の中を何かがよぎった。

けれども、すぐに消えてしまう。

思い出せなくて歯がゆいが、今はそんなことは問題じゃない。

「息子さんは助かったんだって教えてあげなくちゃ」

彼女を救いたい。自分にできることがあるなら、やってあげたい。

リヒトは静かに首を横に振った。

「何を話しかけても、言葉が届かない。無理やり冥界に連れ帰ったこともあるが、すぐに戻ってきてしまう」

「戻ってくることもあるの?」

「それほど執着心が強い。その執着……おまえに解けるか?」

わたしが?　できるの?

ミランは戸惑った。

だって、リヒト達も彼女を助けようとしていたんでしょう?　本職の彼らにもできないことなのに、わたしにやれるの?

方法だって判らないのに。

悩んでいるうちに、彼女はまた息子を庇おうとし、その上をさっきと同じに別の車が通り過ぎていく。

それを繰り返しても、永遠に終わらない。

もう息子は助かって、生きているんだから。

ミランは佇んでいる彼女の傍に近づいた。

なんとか助けてあげたい。ひょっとしたら、彼女と同じで魂だけの存在である自分の言葉なら通じるかもしれない。

淡い期待を抱きながら話しかける。

「お願い……わたしの話を聞いて」

女性のうつろな目は変わらず、信号をじっと見ている。

「あなたの息子さんはちゃんと助かっているんですよ。生きているの。だから、もう助ける必要はないんです。ねえ、聞いて！」

恐らく今まで何度も彼女に伝えられたであろう言葉をかけた。しかし、彼女の反応はない。まったく耳に入っていないのが表情から判る。

ああ……やっぱり。

わたしの言葉で、誰も心を動かされたりしない。

無視されるのなんて当たり前。

わたしなんか……誰にも相手にされない。

ミランの胸に鈍い痛みが走った。

でも……。

どうにかして、この人を助けてあげたい。

自分は確かに無力だけれど、そう思う気持ちは本物だった。

もう飛び出してほしくない。彼女の魂に安らぎを与えたい。冥界で見た人々——最初に出会った老女のように微笑みながら浄化されてほしい。

行き場がなくてさ迷うのは、わたしだけで十分だから。

ミランは彼女の腕を摑んだ。霊体同士だからなのか、ちゃんと摑めたことに驚く。それは彼女も同じだったのか、初めてミランの存在に気がついたようで、こちらへ目を向けてくれた。

でも、女性はまた車道へ向いてしまう。

ミランを見てくれたのは、ほんの一瞬だけだった。

それでも、チャンスはきっとある。

頑張れば報われるって……信じてるから。

「ねえ……！　わたしの言うことを聞いて！　あなたは……！」

彼女の前に回り込んだミランは、その肩を揺さぶろうとした。しかし、乱暴に振りほどかれてしまう。

「あっ……！」

バランスを崩し、背中から車道へ倒れ込んだ。車がスピードを落とさず、こちらに近づいてくるのが見えた。

逃げる時間がない。凍りついたみたいに身体も足も動かない。

ミランはギュッと目を閉じた。途端、過去の記憶が甦る。

ああ、わたし……前に同じことがあった。

あのときも恐ろしくてギュッと目を閉じたのだ。そして、強い衝撃に襲われて……。

はっと目を開ける。

車が自分の上を通り過ぎていく。

そのときになって、ミランは自分が肉体を持たない存在だと思い出した。

ほっとすると同時に、自分を庇うように覆いかぶさる女性に気づく。

女性は目を見開き、ミランを見つめている。

『……誰？　あなた……。あっちゃんはどこ？』

あっちゃんというのは、息子の愛称だろう。やっと彼女の心とコンタクトが取れたのだ。

「ミラン！」

リヒトが手招きしている。信号は変わり、待っていた人が横断し始める。彼女を強引に引っ張り、ミランは歩道へ移った。

『あっちゃんはどこ？』

彼女は今もなお、息子を救うことしか頭にないのだ。彼女はミランへしがみつき、必死の形相で尋ねてくる。

『ねえ、どこなのっ？』

「あっちゃんは無事よ。あなたが助けたの」

『嘘よ。どこにいるの？　……あっちゃん！　どこ？　お返事して！』

女性は焦って辺りを見回している。ループからは抜け出せたものの、息子が助かったことはまだ理解できないのだ。

息子へこれほど強い愛を抱いて執着していたら、とても冥界には行けそうにない。まして、何もかも忘れて魂を浄化するなんて不可能だろう。

ああ、どうしたらいいの？

わたしには彼女を説得できないの？

再び無力感に苛まれていると、リヒトが口を開いた。

「おまえの息子のところへ連れていってやろう」

何故、彼は女性の息子の居場所が判るのだろう。冥王の力だろうか。とはいえ、会わせてやれば、彼女も息子が生きていると納得できるだろう。

でも、息子のところに連れていくには、まずループから抜け出してもらうことが必要だったのだ。今まではこちらの言うことさえ耳に入らない様子だったのだから。

リヒトはミランの肩を抱き寄せた。同時に女性の手を取る。

すると、突然、目の前の景色が変わった。

えっ……。

今度はどこ？

ミラン達はさっきの交差点とはまったく違う場所にいた。

リヒトは黙って手を離した。

改めて見てみると、ここは公園だった。一組の父子がキャッチボールをしている。

父親は三十代くらいで、子供は小学生低学年らしき男の子だ。ボールを懸命に投げている男の子に対し、父親は楽しそうにその球を受けている。

「もっと強く投げていいんだぞ」

男の子は父親をあっと言わせたいのか、今度はさっきより反動をつけて投げる。そのせいで球は大きく逸(そ)れてしまう。父親は慌てて手を伸ばしたものの、ちゃんとキャッチできなかった。

「おい、強すぎるぞ」

「だって、パパが強く投げていいって言ったもん」

父親はボールを追いかけていく父親に、男の子は声を立てて笑った。

女性が助けた『あっちゃん』はこんなに元気なのだ。これできっと彼女も安心して、冥界へ行ってくれる。

ほっとして彼女を見た。だが、眉を寄せて二人を見つめていた彼女はぽつりと呟く。

『あっちゃんじゃない。あっちゃんはどこ？』

まさかリヒトが間違えたの？

冥王なんだからなんでも知っていると思っていたのに、そうではなかったのだろうか。

焦ってリヒトを見るも、彼は平然としている。

「あそこにいる。あれがおまえの息子だ」

リヒトは『あっちゃん』を指差した。

彼が指差したのは男の子ではなく――父親のほうだった。

「おまえが息子を助けてから、もう三十年という長い年月が過ぎた。息子は大人になり、父親となった」

女性は食い入るように父親のほうを見つめる。

そういうことだったのね……。

ああ、あれがあっちゃんだと、彼女が判ってくれますように。

ドキドキしながら彼女を見守る。

突然、女性の目から涙が流れ落ちていく。そして、きつく目を閉じたかと思うとまた開き、父親の姿を凝視した。

『あんな小さかったあっちゃんが、あんなに立派な大人になって……』

肩から力が抜けていった。

三十年もの長い間、あの交差点で息子を守ろうとしていた。母の愛はそれほど深いものだった。でも、もう……彼女が身を挺して息子を守る必要はない。

年月と共に愛が変質した執着から、彼女はようやく解放されたのだ。

鼻の奥がつんとする。

心が痛い。でも、何故なのか判らない。

ただ、思い出せない記憶と関係があるような気がする。

女性は涙を流したままミランとリヒトに向かって微笑んだ。すると、彼女の姿が薄く消えていく。

『ありがとう……』

その言葉を残して、彼女は跡形もなく消えてしまった。

冥界に行ったのだ。それが判っていたため、ミランは戸惑わなかった。これから、彼女の魂は浄化され、やがて別の肉体に転生する。

死は現世の視点から見ると悲しいことだ。けれど、本当のところは悲しいだけじゃないのかもしれない。

でも……やっぱり、ちょっと悲しい。

もし事故が起きなかったら、息子が成長していく過程を見ていられた。取り憑かれたみたいに車に飛び込むだけの行動を、繰り返さなくてもよかったのだ。

もちろん、そんなことを考えても時間は戻せないし、仕方がないけれど。

「これで一人、救うことができた……」

リヒトは独り言みたいに呟いた。

はっとして彼を見つめる。

魂を冥界に送るのは冥王の務めなのだろう。だから、義務としてやっているのだと思っていた。

けれども、今の呟きが彼の本心だとしたら、もしかしたら彼は人間に対して愛情を抱いているのかもしれない。

そう思うと、胸の中が温かくなってくる。

「リヒトは人間が好きだから、魂を救いたいのね」

彼は不機嫌そうにじろりとミランを見た。

「そんなわけはない。ただの仕事だ」

なんとなく照れ隠しに聞こえて、つい微笑んでしまう。

「わたしはあの人が安心して冥界に行けてよかったと思う」

彼女はいつかまた生まれ変わり、この世に新たな生を享(う)ける。そのときは幸せな人生を送れるようにと願わずにはいられない。

リヒトは肩をすくめた。

「それより、何か思い出せたのか？」

まるで心を見透かされているみたいだ。

「ほんの少しだけ。あんなふうに事故に遭(あ)ったことがあったの。車道に飛び出して……」

事故の状況がまた頭の中で再現される。

「そうだ。わたし、学校帰りで……誰かに背中を押されたみたいだった」

背中に衝撃が走ったせいで体勢を崩し、車道に飛び出してしまったのだ。

「倒れたところに車が迫ってきた。そのせいで……わたしの魂は冥界に行ってしまったの？」

何故なら、その後の記憶はない。もっとも、その前の記憶もないのだが。

「それは、おまえがもっと思い出せば判る」

リヒトは明言を避けたが、恐らく当たっているのだろう。彼はまるで万能の神か何かのように、なんでも知っている。きっとミランの事故についても。

だから、あの女性のもとに連れてきたのだ。

記憶が戻るようにと。

「わたしのことを知っているなら、直接教えてくれればいいのに」

「おまえの記憶はおまえだけのもの。私が教えたら、余計な情報が頭に入って、正確な記憶が戻らないかもしれない」

それなら、自分で記憶を取り戻すしかない。

実際、彼は『記憶を取り戻す手伝い』をすると言った。要するに、そういうことなのだ。彼は記憶が戻りそうな場所へミランを派遣し、ミランはそこに留まっている魂を冥界に送る手伝いをする。

その方法で記憶が順調に戻るかどうかは判らないけれど。

　でも、ほんの少しでも今日は思い出せたのだし……。

　それに、ミランも人の魂を救う仕事がしたいと思うようになっていた。転生するのが人の運命なら、現世にいつまでも留まっているのは悲しいことだ。肉体が滅びれば、元には戻れない。次の人生を歩めるようにしてあげたかった。

　どのみち、ミランがこの仕事をできるのは、記憶が戻るまでの間だけなのだ。だったら、今だけでも一生懸命、仕事をやり遂げたい。

　少しでもリヒトへの恩返しになるなら、なおさら頑張りたい。

「帰るぞ」

　リヒトは素っ気なく告げると、ミランの肩に再び手を回した。

　そして、一瞬のうちに二人は冥界へ戻っていた。


　冥界にも夜はある。

　ミランは空が暗くなってから、初めてそれを知った。

　空には月が浮かんでいる。煌々とした光を放つ満月で、夜なのにずいぶん明るい。人間界で見る月よりもくっきりと冴えていて、ミランは空を見上げながら不思議な気持ちでいっぱいだった。

今夜はリヒトの指示で宴が開かれている。

場所は屋敷の敷地内の広場――石畳の長い通路があるところだ。宴が開かれる噂を聞きつけ、たくさんの亡者が訪れている。官人による笛や太鼓に合わせて女官達が舞い踊り、ご馳走や酒が振る舞われる。みんなが楽しんでいて、一緒に踊る亡者もいた。

ここへ来てすぐのときは、官人も女官も数人しか見かけなかったが、どうやらもっといたらしい。今ここには、それぞれ十人ずつくらいいる。女官達は領巾を身に着け、扇を手にして踊っているから、天女みたいで本当に綺麗だ。見物している者達もみんなそう思っているだろう。

とても賑やかで、ミランもワクワクした気分になってくる。

わたしも一緒に踊ってみたいな……なんて。

自分は彼らとは違うのだから、楽しんでいる場合ではないことは分かっている。それでも、浮き浮きした気持ちは隠せなかった。自然と微笑んでしまう。

「なんだかお祭りみたいね」

ミランは屋敷の前部――バルコニーのように張り出した縁側の隅に布を敷き、そこでユズキと舞を見物していた。一方、リヒトは冥王らしく玉座で見物をしている。一緒に人間界で仕事をして、少し距離が近づいた気がしていたが、やはり遠い人なのだ。

彼は冥王なんだから。王様なんだから。

なんだか淋しい。とはいえ、リヒトが隣にいたとしたら、こんなに呑気に楽しんでいられたかどうか判らない。

「お祭りに行った記憶はある？」

ユズキにそう訊かれて、首を横に振る。

「ううん。具体的な記憶はないけど、お祭りってこういうものでしょ。綿菓子を食べたり……」

何かを思い出しそうになると、手からすり抜けていくように消えていく。すっかりお馴染みになった感覚が胸をよぎる。

本当にもどかしくてたまらない。

「綿菓子かあ。食べたら何か思い出すかな？」

「どうかな。でも、食べたことがあるような感じがするの」

「ま、ここには綿菓子はないから、これでもどう？」

ユズキは城の料理人が作った綺麗な和菓子を差し出した。

さっきから彼はミランの世話を焼いている。敷物や座布団を持ってきたのも彼だし、こうして食べ物や飲み物も勧めてくる。あまりにもいろいろしてくれるので、申し訳ない気持ちになってきてしまう。

「ありがとう。でも……わたしにずっと付き合ってくれなくてもいいのに。一人でも大丈夫だから」

昼間の仕事を成功させたことで、少しだけ見直してくれたようなのだが、さっきから付きっ切りだから心配になる。ミランの面倒を見るより、祭りを楽しみたいのではないだろうか。

ユズキは手にしていた湯呑を傾けた。中身はお酒ではなく、お茶だ。

「別に嫌々おまえに付き合ってんじゃねーよ。なんていうかさ、一応、仕事の仲間ってことになるわけだし。おまえ、冥界では初心者だし。いろいろ危なっかしいし」

そんなに危なっかしく見えるのだろうか。ますます申し訳なくなってくる。やはり義務感や責任感から付き合ってくれているのではないか。

そうよね。わたしはお荷物よね。

『危なっかしい』というのはユズキなりに気遣っての発言なのだろうが、それが余計につらい。しかし、気を遣ってもらっているのに、つらいだとか申し訳ないだとかも言えない。

とにかく、今のわたしができること……それは……。

「わたし、早く記憶を取り戻すために頑張るから」

どう頑張っていいか今は分からないが、仕事をしていれば、なんとかなるだろう。

仕事先はいつもリヒトが選定していて、ユズキとクウヤはその指示に従って動いているらしい。今日はリヒトが付き添ってくれたが、明日からは彼らと行動を共にする。せめて足を引っ張らないようにしたい。

「無理しなくていいよ。あ、いつまでも肉体と魂が分離していると、二つを繋(つな)ぐ絆(きずな)が切れちゃうからヤバイけど」

「肉体と魂を繋いでいるものがあるの？」

「赤い糸みたいなね。たとえがおかしいかもしれないけど、見えないもので結ばれているんだよ」

　ミランは思わず自分の周りを見てみた。残念ながら、肉体と繋がっている糸らしきものは見えなかった。

「ユズキには見える？　わたしと身体(からだ)を繋いでいるもの」

　彼は難しい顔をして首を横に振った。

「オレにはそこまで見えないよ。一応、人間だし。リヒトなら見えるかもしれないけど」

「……ユズキはわたしみたいに魂だけの存在じゃないのよね？」

「そうだって言っただろ」

「でも、人間界の魂を救う仕事をしているなら、リヒトみたいに人間界と冥界を自由に行き来できるってことでしょう？　どうやったら、そんなことができるの？」

冥界は魂だけの存在が来るところだという。だとしたら、肉体を持つ彼らが、ここにいるのはかなり特別なことだ。

ユズキは少し困ったように視線を逸らしたが、再びミランへ目を向ける。

「オレは……子供の頃に霊が見えるようになって、いろいろつらい目に遭ったんだ。悪霊に取り憑かれて死ぬ一歩手前まで行ったときにリヒトと会って、命を助けてもらう代わりに、この仕事をするって取引した。それで、必要な能力を授かったんだ」

彼が悪霊は恐ろしいと力説していたのは、自分の経験からだったのだ。ミランは人間界で女性の霊を見つけたときのことを思い出した。

悪霊なんて、すごく怖いものにちがいない。

そういえば、どうやって冥界に来たのかと質問したとき、ユズキは複雑な事情があるのだとごまかして答えなかった。

死にかけた記憶なんて思い出したくなかったかもしれないのに……。

「ごめんね。変なこと訊いてしまって」

ミランが謝ると、彼は慌てて自分の顔の前で手を振った。

「いいって。ミランにしてみれば、疑問だらけだよな」

ユズキはいい人だ。最初は一緒に仕事をするのを反対されたりして、刺々しいところがあるように思ったものの、話していると波長が合うのだ。

年齢が近いせいなのかな。すごく話しやすい。

それにしても、仕事に必要な能力とは具体的にどんなものなのだろう。移動の他にも何かあるのか。訊いてみたいけれど……。

躊躇っていると、ユズキが話を続けた。

「冥王って冥界全体の責任者なわけで、リヒトはこの地域だけを見ているわけじゃないから、仕事を任せる誰かが欲しかったようなんだ」

「この地域って……？」

彼は広場に集っている人々に目をやった。

「ここにいるのは、日本人だけだろ。おかしいと思わなかった？」

「あ……」

今はみんなが輪になって盆踊りみたいに楽しそうに踊っている。その輪の中心では女官達が優雅に舞っていて——なんだか変な光景だけれど、確かに外国の人はいないようだ。

「冥界は広いし、人間界と同じようにそれぞれ地域があるんだ。国という区分じゃなくて……文化や生活に応じた地域という感じかな。人は死ぬと、冥界でも自分の魂にふさわしい場所へ行くことになる」

「それで、ここは日本人の魂が集まっているのね。じゃあ、リヒトは他の地域にも出かけて、管理しているということ？」

「そう。まあ、こっちにいることが多いけど」

ミランはリヒトも日本人なのかという質問をしそうになったが、彼は人間だかそうでないか判らない存在だと自分で言っていた。銀色の髪をしているし、顔立ちもどこの国の人とは特定できない。

「クウヤももちろん日本人よね？　彼もユズキと同じように取引をしたの？」

質問をした後、彼が眉を寄せたので、すぐに自分が余計なことを訊いたと気づく。

「わたし、調子に乗っていろいろ訊いてしまって……」

「いや……どうせなら本人に訊いたほうがいいんじゃないかと思って」

ユズキは背後を指差している。ぱっと振り返ると、そこにはクウヤがあぐらをかいて座っていて、お猪口を口に運んでいた。傍らには徳利が置いてある。

もしかしたら、ミラン達の会話がさっきから聞こえていたのかもしれない。

誰かが自分について興味本位で質問していたら、かなり不快だろう。元々、強面なので表情からは不機嫌なのかどうかは判断できなかったが、ミランは慌てて謝った。

「ごめんなさい。クウヤのこと、ユズキに訊いたりして」

クウヤはじろりとこちらを見た。

「別に……。まあ、質問に答えようか。俺もユズキとまったく同じく取引をした。ただし……いずれ判るだろうから先に言っておくと、俺は普通の人間とは違う」

突然の発言に、ミランは目をしばたたかせた。

「普通の人間じゃないの？　リヒトみたいな……？」

「そうじゃない。俺は……ある条件下で身体が変化してしまう。そう……なんというか……別の生き物に変身するんだ。だが、一族の誇りというものがあってな……。つまり……その……」

どうにも説明しづらいようで、クウヤはしどろもどろだ。何を言われているかよく判らなくて、ミランは首をかしげる。

二人の様子を見ていたユズキが笑い出した。

「こら、笑うな！」

「だってさ……。はっきり言いなよ。オレが説明してやろうか？」

ユズキはミランに向きなおった。

「クウヤは感情が昂ると、獣の姿になる。大きな狼の姿にね」

「狼男……？」

それは伝説とか作り話ではないだろうか。とはいえ、こうして冥界が存在しているのだ。狼男が実際にいてもおかしくない。

「そんな俗っぽい名称で呼ぶな！　人狼族という種族だ！」

クウヤは顔を真っ赤にして憤慨している。顔つきが人間から別のものに変わってきた。どうやら、彼をかなり怒らせてしまったようだ。

「失礼なことを言って、ごめんなさい！」

ミランは頭を深く下げて、クウヤに平謝りをした。

嫌われたくない一心で謝っていると、彼は落ち着いてきたのか、人間の顔に戻ってきた。

「いや……俺も悪かった。ただ、人狼族の一員ということに誇りがあるんだ。正直なところ、今の人狼族は誇りを失ったかのように、人間から隠れて暮らしているが、かつては人間を守るために活躍した時代もあったんだ」

人狼族が実際にいたから、狼男という伝説が生まれたのだろうか。それにしても、隠れ住む人狼族というのは何かもの悲しい。

「それにな、厳密に言うと、変身するのは狼というわけじゃない。狼に似た獣だ」

「そうそう。狼より犬っぽいっていうか……。あ、冗談だってば」

ユズキが横から茶化そうとして、クウヤに睨まれていた。

最初は無口で怖そうだと思っていたクウヤだが、話しているうちに、そうでもなくなってくる。

ちゃんと話せば印象が全然違う。外見だけで勝手に怖そうだなんて判断するのは、よくないことだ。

ミランは改めて仕事仲間となるクウヤを観察してみた。

彼は酒を飲みながら話を続ける。

「隠れ住んでいた里で争いが起きてな。俺はそれが嫌で、人間に交じって生活していた。だが、俺は人間ではない。どっちの世界にも居場所はない。リヒトはそれを理解してくれた。だから、彼に仕事の話を持ちかけられたとき、喜んで応じたんだ。これで俺にも居場所ができる。何かの役に立つことができるってな」

クウヤはクウヤなりの理由があって、仕事をしているのだ。それを自分に話してくれて嬉しかった。

なんだか心の深いところで通じ合ったような気がして……。

わたしも自分の話を彼らにできたらいいのに。

だけど、何も覚えていないし、すべて思い出したら、それは彼らと別れるときなのだ。

そう思うと、今から淋しくなってくる。

記憶を取り戻して人間界に戻ったとき、自分は冥界のことを覚えていられるのだろうか。

もし記憶と引き換えに、冥界の出来事を忘れてしまったら……。

ううん。ここで知り合ったリヒト、それからユズキやクウヤのこと、全部忘れたくない。

花畑で目覚めたことや、不思議なおばあさんと出会ったこと。このお屋敷や女官のこと。

魂だけの人達がいたことも絶対に忘れたくない。

「あ、そろそろ時間みたいだぞ」

ユズキが声をかけると、クウヤが頷(うなず)いた。

その言葉に、広場にいた人々が門の外へ移動しているとようやく気がつく。さっきまで聞こえていた音楽ももう聞こえない。

ユズキは自分が持ってきた菓子皿や湯呑(ゆのみ)を片付け始めている。ミランも敷物から立ち上がり、お盆を持った。

「もう宴(うたげ)は終わったの?」

「ああ、これから河原で花火が打ち上がるんだ」

「花火！　冥界でも花火が見られるなんて思わなかった！」

「ま、花火だって幻みたいなもんだけどな」

「幻……なの？」

「冥界は魂を浄化するための世界でしかないんだ。魂にとってはすべて現実かもしれないが、オレ達人間やリヒトにとっては幻でしかない。よくできた幻だけどね」

改めてユズキに言われて落ち込んでくる。

そうよね……。ここは冥界なんだから。

楽しそうに踊っていた人達だって、みんな亡くなっているんだから。

みんなみんな幻。

現実なんてどこにもない。

クウヤは敷物を丸めていた手を止め、後ろからユズキの頭を小突いた。

「いてっ、何すんだよっ！」

「花火を楽しみにしているミランに、余計なことを言うんじゃない」

意外にもクウヤは自分の気持ちを判ってくれている。彼は細やかな気遣いができる人なのだろう。

「ごめんな、ミラン」

謝ってくれたユズキに、ミランは微笑(ほほえ)んだ。

「うん。大丈夫。幻なのはショックだけど、綺麗(きれい)なのは変わらないんでしょ？」

二人ともとても優しい人達だ。

冥界なんてところに来てしまったけれど、彼らに出会えて本当によかった。

だから……。

わたし、やっぱりこの人達に嫌われたくない。

一応、初仕事をこなしたミランだが、彼らにとってはリヒトに押しつけられたお荷物同然だ。本当は一緒に仕事をしたいなどとは思ってもらえてないはず。

だからこそ、足手まといにならないように頑張らないといけない。

「さあ、オレ達も河原に行こう」

ミランはユズキの言葉に頷いた。


三人は河川敷に再び敷かれた敷物に腰を下ろした。そして、花火が打ち上げられるという向こう岸を眺める。

人間界より明るい月夜だから、官人達が準備をしている姿が見える。

人々は花火を楽しみにしているようで、宴は終わっても熱気はまだ続いている。たとえ幻でも、花火を見るのはミランも楽しみだ。

「あ、リヒトだ」

ユズキが指差した方向に、ミランは視線を向けた。

そこにはリヒトがいて、子供二人と手を繋いでいる。子供ははしゃぎながら、何事かリヒトに話しかけていて、彼はそれに応じていた。

子供に笑いかけている表情がとても優しく、ミランは驚いた。

だって、彼はいつも冷静で、ほとんど笑ったりしない。ほんのわずかに笑ってくれたときもあったが、本当に一瞬だけだ。

彼にも人間と同じ心があるとは信じているものの、子供達には優しい目を向けるなんて思わなかった。

胸の奥がぽっと温かくなってくる。同時に、自分にもその眼差しを向けてほしいと願ってしまう。

だけど、彼はできるだけ早くミランにここを出ていってほしいのだ。それなら、願いはきっと叶わないだろう。

花火は予告もなく打ち上げられた。

ボンと音がして、夜空にぱっと広がり、やがて散っていく。

歓声がわあっと上がった。

「……綺麗！」

幻でもなんでもいい。美しいものは美しい。

ミランはうっとりと夜空を見つめた。何度も何度も花火は打ち上げられ、その度に歓声や拍手が聞こえる。

いつまでも見ていたい。花火が終わってしまうのは悲しいから。

ずっとずっと楽しい時間が続いてほしい。

お馴染みになった感覚がまた脳裏をよぎったが、今度は何かを摑めた気がする。

「わたし、子供のとき、こんなふうに花火を見たことがあるみたい……」

ぽつんと呟くと、ユズキが横でさっと緊張したのが判った。

「……思い出したのか？」

「少しだけ。こんなふうに河原に座って、見ていたの。隣の人が優しくて……」

隣に座っていた男性が、ミランに寒くないかと声をかけてきたのだ。そして、幼いミランの肩を羽織で包んで、温めてくれた。

何故だか、その男性のイメージがリヒトと重なる。子供と話す優しい顔を見てしまったからだろうか。

でも、実際そんなわけないし……。

けれども、どうしてもリヒトだった気がしてならない。

途端に、次の記憶が甦る。

「そうよ。わたし……踊る女の人の真似をしたの。そうしたら……」

リヒトが笑ってくれた。そんな情景が浮かんできた。

これは本当のこと？　それとも、わたしの妄想なの？

「……!?」

戸惑うミランの耳に、不意に女性の悲鳴が聞こえてきた。

ざわめく人々の声。その中でも、ひときわ大きいのは何やら喚いている男の声だった。

「何があったの？」

ミランは慌てて立ち上がった。ユズキもクウヤも立ち、いつでも動けるように警戒している。

いつの間にか花火は終わったのだろうか。もう音が聞こえないから、余計に怒鳴り声が大きく響いた。

冥界は魂を浄化する場所なのに。

それとも……ここでも喧嘩は起こるものなの？

どうやら一人の若い男が暴れているようだった。髪を振り乱し、服装も乱れている。生きていたときも、こんなふうに粗暴に振る舞う人間だったのだろうか。

よく見ると、手には包丁を持っていて、それを振り回していた。

包丁なんてどこにあったの？

男が大声で叫んだ。

「俺はこんなところに来たくなかったんだ！　元の場所に帰せ！」

ユズキはそっとミランに耳打ちをする。

「あの男は冥界に来たばかりで、まだ馴染んでないんだ。って言っても、来たときはおとなしくしてたのに、なんで今更……」

「あの人、リヒトのところに向かってるけど……」

「ミランは危険だから、こっちに」

ユズキに腕を引っ張られたが、その場を動く気になれなかった。リヒトに任せておけば大丈夫だと判っていても、心配になってくる。

他の人々は男を避け、逃げるように散っていく。河原にいるのはリヒトと男、そしてミラン達だけになってしまった。

リヒトは冷静な態度で男に話しかける。

「ここが嫌だと言うなら、おまえにふさわしい場所へ移動すればいい」

それはもちろん冥界の中の『ここではないどこか』という意味だろう。どちらにしても、冥界は魂を浄化させるための場所だ。こんなふうに人に迷惑をかけるなら、誰もいない花畑にでもいるしかない。

花畑は……ちょっと似合わないかもしれないけど。

男は首を乱暴に振る。乱れた髪がますます乱れた。

「そうじゃない！　俺は死にたくない！　いや、絶対死んでないんだ！　なあ、あんたなら、元に戻せんだろっ？　頼むよ！」

彼はリヒトにすがってきた。けれども、そんな放言を聞き入れるわけもない。

「ここに来たからには、自分が死んだという事実を受け入れるしかないんだ。心配ない。すぐに、ちゃんと受け入れられるようになる」

「嫌だ！　俺はこんなところで終わりたくない！」

どうしても男は生き返りたくて仕方ない。これもまた執着だ。しかし、彼は冥界に来ているのだから、一度執着を手放しているはずだ。なのに、死の世界にいたくない気持ちが新たに執着となってしまったのだろうか。

だけど、肉体は死を迎えている。肉体と繋がっているミランとは違う。

そんなことを考えていると、男がこちらを向いた。ギクリとした次の瞬間、一体何が起きたのか、男が目の前にいた。

魂だけの存在だから歩かなくても移動できるのだ。血走った目が怖い。ミランは悲鳴を上げた。

「ミラン！」

近くにいたユズキがミランへ手を伸ばすも、間に合わなかった。

男は素早くミランを羽交い締めにすると、喉元に包丁を突きつける。

怖い……！

たとえ刺されたとしても、自分は死んだりしないだろう。傷つける身体がないのだ。それでも、包丁を突きつけられると怖くてとても動けない。

「離せよ！　ミランをどうするつもりだ！」

ユズキは怒鳴った。クウヤは人相が変わり、徐々に顔が黒い毛で覆われていく。いわゆる獣化だ。

リヒトは滑るように男とミランの前に来た。

彼は眉をひそめているだけで、感情を昂らせてはいない。目つきは鋭くなっているが、あくまで冷静な態度だ。

「冥界で罪を犯すと、独房に入ることになる。ここへ来たときにそう言われたはずだ」

「うるせえ！　さっさと生き返らせろ！」

リヒトは目を伏せ、溜息をひとつついた。

「無駄なことを……」

そして、顔を上げると、ユズキとクウヤに目配せをする。

ユズキは水晶のペンダントを首から外した。水晶は細長い形で、ちょうどチョークほどの大きさだ。

彼はそれをナイフのように構えた。先が尖っているから、まさしくナイフの代わりなのだろうか。

「なんだ、そいつは。そんなもので俺をどうにかしようっていうのか？」

男は馬鹿にして嘲笑（あざわら）っている。しかし、水晶の部分が光り始める。

白い光……。

辺りを浄化するような光だ。

ユズキは水晶の先で宙に五芒星（ごぼうせい）を描いた。かと思うと、いきなり光が強くなる。

空間に眩（まぶ）しい光の空洞（くうどう）が生まれた。

「何……これ……」

ミランは刃物を突きつけられているのも忘れるほど、その光に見惚(みと)れてしまう。男のほうも同じだったのか、隙(すき)が生まれた。

突然、耳元で男が恐ろしい悲鳴を上げる。黒い獣が男の襟首(えりくび)をくわえて引きずっていく。

男は喚いて暴れていたが、その拍子に包丁を落としてしまい、どうにもできない。

獣は……とても大きな狼のようだ。

黒い毛並みは艶々(つやつや)と光っていて、怖いというより美しい。

完全に獣化したクウヤを見た途端、記憶の扉が開いた。

相手が暴れるのも構わず、大柄な男性がロングヘアーの女性を引きずっていく光景。

あれは……誰？

男性は人間の姿のクウヤだった。女性は……。

悪鬼(あっき)のように罵詈雑言(ばりぞうごん)を撒(ま)き散らす恐ろしい顔。そこに、明るく笑う女性の顔が重なって見えた。

お母さん……？

ううん。そんな、まさか。

でも、あれは幼いときに亡くなった母親だった。

お母さんはどうしてクウヤに連れていかれていたの？　それに、あんな恐ろしい顔をするなんて……。

獣姿のクウヤは男を引きずったまま、宙に浮かぶ光の空洞の中へ飛び込んでいく。

そして、男はクウヤと共に消え去ってしまった。

あっけに取られたミランは、光の空洞をただ見つめるしかない。次の瞬間、人間の姿に戻ったクウヤが出てきたかと思うと、空洞はすぐに閉じた。

一体、何が起こったの？

「無事か？」

クウヤは茫然(ぼうぜん)としたまま立ち尽くすミランに尋ねてくる。

目の前で起こったことや、思い出した記憶のことで混乱していたが、なんとか言葉を絞(しぼ)り出す。

「大丈夫……ありがとう」

今になって包丁を突きつけられたときの恐怖が甦(よみがえ)り、急に震えがくる。涙が出てきて止まらない。

「ミラ……」

ユズキが声をかけるより先に、リヒトからそっと抱き締められる。

えっ……。

どうして彼がそんなことをしてくれるのか判らない。

だけど、彼の温もりに恐怖が癒えてくる。

彼の手がミランの頭を撫でた。

「怖かっただろう?」

慰めの心が伝わってきて、胸の奥がじんと温かくなってくる。

どんなに冷たく振る舞ったとしても、心根はやはり優しいのだ。

その優しさが嬉しくて、泣きじゃくってしまいそうだった。

ずっとこのままでいたい。彼の腕の中でいつまでも安らいでいたかった。

「いつまで抱き締めてんだよ」

ユズキに刺々しく言われたからか、リヒトは離れていく。

残念だったが、いつまでも甘えてはいられない。

ミランは涙を拭いて、なんとか笑顔を作った。なのに何故か、リヒトは顔をしかめる。

泣きたいときには泣いていいと、彼は言ってくれた。泣きたいときに無理して笑うな、とも。

でも、今は笑うのが正しい選択だと思う。悲しくて泣いていたわけではないから。

「ごめんなさい。ショックだったから泣いちゃった」

できれば周りの人を心配させたくない。クウヤはミランの言葉にほっとしたようだ。ユズキはまだ心配そうな顔をしていた。

「そうだよなあ。ショックだったよなあ」

ユズキは水晶のペンダントを首から提げながら言った。

「もう大丈夫。それより、今の……どうなったの？　それ、水晶よね？　さっきの光は……？　あの男の人はどこに行ったの？」

「待て待て。順に説明するから」

彼はやたらもったいぶった態度で、ペンダントのトップをミランに見せた。

「水晶は悪意みたいな負のエネルギーを浄化する力を持っている。あいつは水晶でできた独房に入れられたんだが、このペンダントは独房に直結する通路を空間に作れるアイテムだ」

彼がずっと首から提げていたものに、そんな力が秘められているとは思いもしなかった。今は光も見えないが、きっと特別な仕掛けが施してある水晶なのだろう。そういった仕掛けができるのも、冥王の力なのかもしれない。

「悪意を持っていると、独房に入れられるの？　あの人、どうなるの？」

「人の浄化の邪魔をするのは、冥界では罪だからな。まあ心配ないさ。水晶の清浄な光の中にしばらくいると、おとなしくなるから。強制的に少し浄化させられるって感じかな。そしたら、完全に浄化するまで、元のようにここで過ごすだけだ」

　ミランはそれを聞いて、ほっとした。

「よかった。独房なんておどろおどろしいイメージがあるから、あの人がどんな目に遭(あ)わされるのかと心配しちゃった」

「何言ってんだよ。自分が襲われそうになったってのに」

　ユズキが呆(あき)れたように言う。

「だって、わたし、怪我(けが)なんてしないでしょう？」

「肉体は確かにな。でも霊体同士は干渉し合えるんだ。冥界に悪霊はいないから、今みたいなのはレアケースだけど、悪霊と対峙(たいじ)するときは本当に注意するんだぞ。悪霊は水晶の独房でも浄化に時間がかかるからな。まれに浄化できない場合だってある」

「そんな……。じゃあ、どうなるの？」

「冥界より下の階層に行くことになる。こんな綺麗(きれい)なところじゃない。体験したことないから知らないけど、そりゃあ大変な苦痛を味わうらしいぞ」

　いわゆる地獄だろうか。ただ暴れるだけの霊と悪霊とでは、それだけ違いがあるものなのか。

ミランの脳裏に、さっき甦った記憶の中で母が暴れている姿がよぎる。

「あの……わたし、今思い出したことがあるんだけど」

それを聞いた三人にさっと緊張が走った。

「……何を思い出したんだ?」

リヒトが静かな口調で尋ねてきた。

「さっきと同じような場面を見たことがあるの。クウヤが女の人を引きずっていって、あの光の穴に飛び込んでいったところ。女の人は……お母さんだった」

三人は顔を見合わせて、一様に眉をひそめた。

「ミラン……」

ユズキは口を開くが、何を言っていいのか判らないようだった。

「場所は冥界だった。わたし……ここに来たことがある。そうよね?」

顔を上げて、リヒトに尋ねる。彼はごまかしたりしないものの、彼なりの理由で事実を告げてくれないことがある。特に、ミランの記憶に関しては。

けれども、リヒトは頷いた。

「確かに」

やっぱり間違いじゃなかった！

確信したところで、もっと鮮明な映像が頭に浮かんでくる。

「宴にも参加したと思うの。わたし、とても小さかったみたい。踊る人の真似をしたり……リヒトにも会った。リヒトは……」

そのとき、花冠を掲げるリヒトの顔が脳裏に浮かんできた。

これは本当にあったことなの？

彼の優しさはもう知っている。特に子供には優しい笑顔を見せる彼のことだ。幼いミランに花冠くらい作ってくれてもおかしくない。

「リヒトは……わたしに花冠を作ってくれた？」

確信がないまま尋ねると、彼は一瞬だけ微笑んだ。しかし、すぐに表情を消す。

「ああ。おまえは母親を思い出したのか？」

「少しだけ。亡くなったのは判るけど、どうして母はあんな恐ろしい顔をしていたの？鬼みたいな形相で、悪態をつきながら、クウヤに引きずられていったのは一体……」

「その理由はおまえ自身が思い出さなくてはならない」

やはり肝心なことは教えてくれない。ミラン自身が思い出すべきだという理屈は判るのだが、知りたいことを知れないのは、もどかしくてたまらない。

今すぐ記憶を取り戻したいのに！

「母は独房に入れられたのよね？　その後は……母はどうなったの？」

これに答えをもらえるかどうか判らない。だが、リヒトは静かに口を開いた。

「心配するな。おまえの母親はすでに浄化されている」

つまり、あの悪鬼(あっき)のような表情は消え、すべてが癒されたということだ。そして、今はどこかで生まれ変わっている。

ミランはほっとしながらも、少し気落ちした。母がまだ冥界にいるなら、会えたかもしれなかったのだ。

「そうなのね……」

ここまで黙って聞いていたユズキが、何か言いたそうにしている。

「あのさ……あのさ。おまえの記憶の中にリヒトがいたんだろ？　クウヤもいたんだよな？　それと、母親と……。他には思い出す奴はいないのか？」

「えっ……」

ミランは首をひねって、なんとか思い出そうとした。

しかし、考えてみても新しく記憶は甦(よみがえ)らない。

「それだけかな」

「そうかよ！」

「えっ、何？」

「なんでもねーよ！」

ユズキは何故だかとても怒っているようだ。さっぱり意味が判らない。

クウヤが笑い出し、ユズキの背中をポンと叩いた。

「頑張れよ」

「うるせー！」

ユズキがパンチを繰り出すも、クウヤは鮮やかにそれを避ける。まるでじゃれ合っているみたいだった。

「二人は仲がいいのね」

その呟き（つぶや）に、リヒトが何故だか笑い出した。

どうして笑われたのだろうか。それ以上に、彼が声を上げて笑うのが意外で驚いてしまう。

リヒトは再び真面目（まじめ）な顔に戻ると、向こうの岸辺に向かってさっと手を挙げ、その手を振り下ろした。

すると、また花火が打ち上がり始めた。

まだ終わりじゃなかったんだ！

ミランは一心に花火を見つめた。夜空には花火だけでなく月も出ている。満月は地上にいる自分達を煌々と照らしていた。

これもまた幻なのだろう。

でも……やはり美しいものは美しい。

「わたし、小さい頃にここから帰りたくないって駄々をこねた気がする」

それはかすかな記憶だ。何歳だったのか覚えてないが、かなり幼かったように思う。だから、ずっと冥界のことを覚えていたにしても、はっきりとした記憶ではなかっただろう。

ともあれ、夢のように美しい世界に、幼い自分がい続けたいと願うのは当然だ。あのときもリヒトが傍にいて、優しくしてくれた。それだけで帰りたくなかった理由になる。

今だって……。

記憶なんて戻らなくてもいい。結局はいつか肉体と魂が分離して、自分は死んでしまうのだろう。そうしたら、ここにいられる。

魂が浄化してしまうまで、ずっと……。

本当に死んでしまえば、リヒトだって邪険にはしないだろう。

「もし、あのとき冥界に残っていたら……」

リヒトはミランの呟きを聞きつけて、冷たい口調で言った。

「ここは生きている人間のいるところではない。おまえはただの余所者でしかないんだ」

余所者……。うん。そうよね。判ってる。

それは判っているの。

ミランは切ない気持ちになり、目を伏せた。

ここは生きている人間のいるところじゃない。遠い昔、同じような言葉を聞いた覚えがある。

そのとき……何か大事なものをもらった……。

思い出そうとした途端、頭が急に痛くなる。

あれは彼との繋がりを示すもので、本当に大切なものだったのに。

そこだけ霞がかかったみたいに、どうしても思い出せなかった。

「そうね。頑張って記憶を取り戻さなくちゃ。リヒトの迷惑にならないように」

素っ気ない言葉に内心傷ついていたが、そのことは彼に見せたくなかった。

傷ついていても、泣いたりはしない。でも、作り笑いもしない。ただ淡々とそう言った。

本心では、あと少しだけでもここにいたい。ずっといるのはダメでも、せめてそれくらいは許してほしい。

花火が彩る夜空を眺めるリヒトの横顔を、ちらりと見る。

彼は冥王で、人間とは違う。無愛想で冷たいことを平気で言うけれど、心の底には人間と同じ感情が秘められている——そう感じた自分の直感を信じたい。

だから……彼のことをもっと知りたい。

ミランは夜空へ視線を戻した。

＊＊＊

リヒトは花火を眺めつつ、心の中ではミランについて考えている自分に気づいていた。

彼女は冥界にいたがっている。

それは嫌というほど判る。記憶を取り戻して帰ったとしても、つらい思いをするだけだということも判っている。

だけど、やはり突き放すしかないのだ。

幼いときも、リヒトの胸の中で帰りたくないと泣いた。あのときも、元の世界に帰すしかなかった。

どんな苦難の道を歩むことになったとしても、それが正しいと信じていた。もちろん今も同じだ。

彼女との間には深い繋がりがあった。だから、彼女がどんな人生を歩んできたかも、つらくて悲しい人生を健気に生きてきたかも知っている。

何度、救いたいと思ったことか……。

そして、成長した彼女は再び冥界に迷い込んできてしまった。

本当は優しく接したい。ずっとここにいていいと言ってやりたい。余所者などと言いたくない。

けれども、それは正しくない。

彼女には人間として生きる権利がある。人間として生き、幸せを得て、生涯を終える権利があった。

それを侵してはならない。彼女がこれから味わう幸せを奪えない。

やがて花火が終わり、ユズキがミランに話しかけた。

「景色のいい場所があるんだ。案内してやるから、これから行かないか？」

「……うん。行く」

ユズキはちらりとこちらを見た。

彼はリヒトがミランに関わることが嫌なのだ。リヒトが彼女を冥界に留めおくかもしれないと危惧しているのだろう。

そんな心配はいらないのに。

ミランはユズキと一緒に離れていく。代わりにクウヤが傍に来た。

「彼女のことは俺達に任せろ。おまえはなるべく関わらないほうがいい」

「……もちろんだ」

クウヤはリヒトの気持ちを見抜いているのだろう。成長したミランに会い、まるで人間だった頃のように揺れている気持ちを。

自分は冥王としての責務を果たさなくてはならない。

今はそれだけを考えよう。

ミランの肩を抱いて、慰め続けてやりたいなどと思ってはいけないのだ。

リヒトは長羽織を翻して、河原を後にした。

三章　少しずつ戻っていく記憶

冥界(めいかい)の夜は明けて、朝が来た。

ミランは屋敷の離れにある一室で目を覚ました。障子(しょうじ)越しの窓からは外がもう明るいのが判る。

ミランに与えられたのは八畳(じょう)の和室で、座卓と座布団、それから小さな化粧台(けしょうだい)と箪笥(たんす)がある。同じく離れの中には、クウヤとユズキの部屋もあるようだ。

布団から出ると、ミランは自分の寝間着を見て、顔をしかめた。寝間着は女官が用意してくれたもので、パジャマやネグリジェではなく白い浴衣(ゆかた)だ。それに紺(こん)色の帯を締めている。しかし、寝相が悪かったのか、すっかり乱れていた。

誰も見ていないけれど、やっぱり恥ずかしい。

慌ててそれを脱ぎ、畳(たた)んであった制服に着替える。

昨夜は寝る前に風呂に案内され、身体(からだ)を清めることもできた。

今は霊体なので変な感じがしたが、冥界でも温泉に入って癒される人がいるという。ミランもたっぷりとした湯に入り、快適そのものだった。

不思議だけれど、眠ることもできた。とはいえ、長い時間、寝ていた感じはしない。冥界だと睡眠さえも幻みたいだ。

身支度が終わり、障子を開けて、外を眺める。風鈴の音や生活音は聞こえるものの、基本的にとても静かだ。冥界には時計がないそうだが、太陽の角度からすると、早朝というわけでもなさそうに思える。

みんな、もう起きているのかな……。

部屋でそんなことをボンヤリ考えているうちに、女官がやってきた。

「おはようございます。朝食をお持ちしました」

彼女は朝食を座卓の上に並べていく。

霊体の自分に食事は必要ないが、食べようとすれば食べられる。せっかく出されたものを食べないという選択肢はミランにはなく、女官にお礼を言って、箸をつけた。

見た目にも綺麗な料理だが、味もおいしい。特にめずらしいわけでもない野菜も、上品な味付けをされているから、お腹は空いていなかったのに、あれもこれもと食べてしまう。

ミランが食事をしている間、女官は微笑みを浮かべながら、傍に控えていた。

女官達はこの屋敷で雑用を請け負っている。彼女達はだいたい無口で、控えめだった。まるで人形みたいに。

「あの……ちょっと訊きたいことがあるんですけど」

ミランは話しかけてみた。

「はい。なんでもおっしゃってください」

彼女はにっこりと笑う。

「名前、訊いてもいいですか？」

「わたくしには名前がございません」

「えっ……名前ないんですか？」

「はい」

思いもよらない答えに仰天したミランは、微笑みを浮かべた彼女の顔を見つめる。

名前がない人っているの？

いや、冥界人はそれが当たり前なのだろうか。

「ごめんなさい。変なことを訊いたりして」

「いいえ。ごゆっくりお召し上がりください」

ニコニコしている顔が作り物みたいで、不気味に見えてくる。

朝食をなんとか食べ終えたのち、別の女官に呼ばれ、昨日クウヤ達と最初に会った部屋へ案内された。

今日から彼らと仕事を始める。頑張ろう。

けれども、引き戸に手をかけた途端、不安が込み上げてくる。

一夜明けて、彼らの気が変わっていたらどうしよう。昨夜みたいに親しげな態度ではなく、冷たく突っぱねられてしまったら……。

「お……おはよう」

戸を開けて挨拶をすると、昨日と同じく座布団に座っていた二人は朗らかに挨拶を返してくれる。

ミランはやっとほっとした。

「……リヒトはいないの？」

「あいつは別の仕事があるらしい。今日は俺達でおまえを人間界に連れていくから」

どうやら彼らの気は変わっていなかったようだ。

よかった！

リヒトの命令で、仕方なく同行させるだけだとしても、一緒に仕事をしてもいいと思ってくれたことが嬉しい。

「わたし、足手まといにならないように、一生懸命頑張るから」

笑顔で明るくそう言うと、ユズキは頷いた。

「今日はそんな危険なところには行かないし、気を楽にしていいよ」

初心者だから楽な仕事から始めるのだろう。

楽でも楽じゃなくても、なんでもいい。とにかくちゃんと彼らの手伝いをして、仕事仲間として認めてもらいたい。

「それじゃ早速……行こうか」

立ち上がり近づいてきたユズキがミランの手を取る。

ミランは彼の手をギュっと握りしめ、そっと目を閉じた。


一瞬後にはもう別の場所に移動したのが判る。

静かな冥界とは違い、人間界は騒音だらけだ。

そこは開けた場所だった。樹木が多く植えられていて、ベンチもいくつか置かれている。しかし公園ではない。広場の奥に大きな建物が見える。六階ほどだろうか。屋上に掲げられた看板には、亜藤総合病院と書かれている。

ここは病院の庭なのだ。

時間はもう午後に近いようだ。太陽が高く昇っている。

庭には家族に車いすを押されながら散歩している老人や、ベンチで休憩している職員などがいる。そこには亡者の姿も紛れていた。

「霊が交じっているよね？」

一応、傍にいたユズキに確かめてみた。

「ああ。なんとなく判るだろう？」

「灰色の靄がかかっていて、姿が薄ぼんやりしている」

クウヤが深く頷く。

「一番の特徴はそれだな。だが、いろんなタイプがいる。悪意が強いと灰色の靄が黒くなって、姿形が見えなくなるんだ。でも、基本的にはミランの言うとおりで間違いない」

正解だったようでほっとする。

「ねえ。二人の姿は人間の目には見えているの？　リヒトは見えるようにも、見えないようにもできるって言っていたけど」

「仕事に必要な能力をもらったと言っただろう？　だから、オレ達もリヒトと同じことができるんだ」

　ユズキの答えに、クウヤが付け加えた。

「仕事のときは人の目につかないほうが便利だからな」

　確かにそうだ。普通の人に霊は見えない。もし霊へ話しかけているところを見られ、変な人だと通報でもされたら、仕事に支障が出るだろう。

「それじゃ、そろそろ仕事を始めるか」

　クウヤは霊も含めた人達を振り返った。

「え……と、どうすればいいの？」

　リヒトと仕事をしたときは、霊の情報を教えてくれた。当然彼らも前もって情報を聞いているはずだ。

　ユズキがミランの傍に近づいてきた。

「ここは霊が多いけど、問題なのは一人だけ。今回はそれがターゲットだ。……誰か判るか？」

　ミランは辺りを見回した。

　みんな灰色がかっていて、じっと佇(たたず)んでいるだけだが、一人だけ明らかに違う。もはや灰色ではなく黒い靄がかかっている男性の霊だ。しかも活発に動き回り、誰彼構わず人間にも霊にも話しかけている。

ただ、どちらにも話が通じていない。生者に彼の声は聞こえないのだ。そして、死者は自分自身の思いに囚われているから男性を無視する。そのせいか、彼はどこか焦っているようにも見えた。

「あの人……」

「そうだ。あいつは会社で倒れて、この病院に運び込まれた。過労死したんだ」

「まだ若いみたい……なのに」

姿形が見えにくくなっているが、若いことは判る。スーツ姿で、ずいぶんやつれている。過労死ということは、ブラック企業に勤めていたのだろうか。

「うん。二十代だね。新婚だったから家に帰りたかったけど、結局帰れなかった。本人は今でも帰りたいんだ。でも、ここは霊が多いせいで、そのエネルギーに取り込まれて外に出られなくなっている」

「エネルギーって、一体どういうもの？」

それは他の霊を取り込むほど凄(すご)いものなのだろうか。

「この世に未練がある霊が多いと磁場(じば)が形成されて、磁力に引き寄せられたみたいに動けなくなるってわけさ。といっても、他の霊は心配ないんだ。そのうち冥界に行くだろう」

つまり、あの男性だけ執着が強すぎるのだろう。執着が強すぎると悪霊になる。悪霊になれば、生きている人間にも影響を及ぼしてしまう。

「じゃあ、あの人は悪霊になる手前の人……？」

「そういうことだな。だんだん執着が強くなっているんだろう。今のうちになんとかしないと」

「それなら……どうすればいいの？」

昨日の女性の霊より黒い靄をまとっているから、あまり近寄りたくない。だけど、これは仕事なのだから、解決に向けて動かなくてはならない。

そのとき、クウヤにポンと肩を叩かれる。

「あいつは俺達に任せろ。ミランは見ているだけでいい」

「ああ、今日のところは見学な」

ユズキはニコッと笑い、クウヤと共に男の許へ向かった。ミランは恐る恐るクウヤの後ろから近づく。見学するにしても、遠くからぼんやり見ているわけにはいかない。何をするのか、ちゃんと見ておかないと。

花壇の花の中にぼんやりした様子で座り込んでいる老人の霊に向かって、男は躍起になって話しかけている。

『……なあ、なんとか言えよ。ここから出る方法を知らないかって訊いてるんだよ。なんでみんな、俺を無視するんだ！　どうして聞いてくれないんだ！』

　彼は明らかに苛立っていた。ついには老人に摑みかかったが、相手は虚ろな目で反応しない。


「なあ、ちょっと」

　ユズキは男に話しかけた。すると、男はすごい勢いで振り返り、すぐにユズキの真正面に回り込む。そして、食い入るようにユズキを見つめた。

『あんた、俺のこと見えているのか？』

「ああ。見える。あんた、自分が死んだって判ってる？」

　彼は頷いた。彼の視線はユズキだけでなく、クウヤやその後ろに隠れているミランにも向けられる。

『おまえ達も死んでいるのか？　だから俺が見えるのか。いや、他の死んでる奴らもみんな、俺を無視するんだ。いくら話しかけても聞いちゃくれない』

「オレは生きてる人間だよ。でもまあ、霊が見える体質なんだ。あんたが冥界に行く手助けをしたいと思ってる」

　男は顔をしかめた。

『冥界ってなんだ？』

「人間が死んだら行くところだよ。普通は死んだら冥界に行くもんなんだよ」

『そんなところ行きたくない。俺は……ただ家に帰りたいんだ。なのに、どうしてもここから出られない。動けるのは病院の敷地内だけだ。ここから出たい。頼む。手助けしてくれ！』

男はユズキの腕を摑んだ。必死の様子で、どうしても家に帰りたいと思っているのが判る。

確かに、彼は若いから未練も多いはずだ。新婚なのに、きっと仕事ばかりでゆっくり奥さんと過ごす暇もなかっただろう。

ユズキは彼の顔をじっと見つめる。

「家に帰ってどうするんだ？」

『俺は……結婚したばかりだったんだ……。仕事はつらいが、これから楽しいことがたくさんある。そう信じていた』

「気持ちは判る。つらかったよな。でも、あんたは……もう死んでいるんだ。帰っても、あんたの姿はもう見えないし、声も聞こえない。傍にいたって、何もできない。その状態でどうするつもりなんだ？」

『俺がどうしようと、関係ないだろ？　とにかくここから出られさえすればいいんだ！』

彼は荒々しい口調で言う。苛立ちはまだ治まらないようだ。

「あんたが死んで、何年経ったか判るか？」

『何年って……そんなに経ってないはず』

「いや、もう十年は経っている」

『……十年！　まさか！　そんなわけない！』

男はかぶりを振った。ミランも驚いた。十年以上も経っているからこそ、煮詰まった未練が妄執へ変化してしまったのだ。

そうよね……。昨日だって『あっちゃん』は大人になってたもの。

「実際そうなんだ。奥さんはもう前の住まいにはいない。帰っても、そこにはよその家族が暮らしている」

残酷な話だ。ここから出られず、必死でもがいている間に、無情にも時間が過ぎていたというのだ。

彼はガックリと気落ちしていたようだが、やがて仕方なさそうに呟く。

『それは……もういい。あいつが元気でいるなら……』

えっ……？

新婚の奥さんに執着していたわけじゃなかったの？

てっきりそうだとばかり思っていた。奥さんへの執着が妄執に変わって、悪霊になる手前ではなかったのか。

じゃあ、彼は一体何に執着しているの？

ユズキは冷静に話を進める。

「家に帰りたいわけじゃないのか？」

『帰りたいさ。帰りたい。元のように妻と暮らしたい。だけど、帰ったって仕方がないことくらい、とっくに判っている。あんたらは別だが、俺の声は誰にも聞こえない。でも、こんな俺にもやれることがある』

「本当は……何をしたいんだ？」

ミラン同様、ユズキも当惑しているようだった。

『……俺の幸せを奪った奴らに仕返しをする。俺にはそうする権利がある』

その発言に危険なものを感じ、ひやりとする。

彼がやりたいのは、愛する妻との暮らしではなく復讐（ふくしゅう）なのだ。

小声でクウヤに尋ねる。

「この人、大丈夫なの？」

「……じゃないかもな」

クウヤもまたミランと同じことを考えているようだ。

「できれば、水晶の力は借りたくないんだが。あれはよほどの霊じゃないと使わないんだ」

つまり、水晶のペンダントで光の空洞を作り、独房へ入れるという手段のことを言っているのだろう。昨夜は冥界での出来事だったが、人間界からでも独房へ直接入れられるのか。

ユズキは話を続ける。

「あんたは死んだんだ。時間だって十年が過ぎている。生きているときの続きはできないんだ。……頼むから、それを受け入れてくれ」

もしかしたら、水晶を使うのは悪霊に苦痛を与えるやり方なのかもしれない。だから、ユズキもなんとか彼を説得したいと考えているのだろう。彼の口調にそういった思いやりが見える。

『どうして受け入れなくちゃいけないんだ？　俺と妻の生活はこれからだった。やりたいことはたくさんあったのに……。俺は……会社と上司に殺されたんだ。ああ……許せない。奴ら……みんな俺と同じ目に遭わせてやりたい！』

攻撃的な発言が出てくるのと同時に、黒い靄がさらに濃さを増していく。

「……マズイな」

クウヤが呟いて身構えた。ミランは男が悪霊にならぬよう、なんとか気持ちを静めてくれることを祈るしかなかった。

ユズキは冷静さを崩さず、説得を続ける。

「落ち着け。会社はもうとっくに潰れている。それに、訴訟を起こされて、奥さんには賠償金が支払われた。奥さんはようやく吹っ切れて、前を向いて歩くようになったんだ。あんたも冥界に行けば、生まれ変わることができる。なあ、もう一度、やり直してみないか？」

『嫌だ！　会社は潰れても、俺を死なせた奴らは生きているんだろう？　俺は復讐する！』

「あんたがどんなに願っても、生き返ることはできないんだよ。生き返れない以上、復讐もできない」

『そんなことない！　ここから出られたら……取り憑いてでも殺してやる！』

「あんたがそうやって復讐に執着している限り、ここから出られないよ」

『出られない……？　嘘だ！　本当は出る方法、知っているんだろう？　教えろよ！』

男はユズキの腕を揺さぶる。クウヤがすっと二人の間に入り、男の手を捩じり上げた。

『なんだ、おまえは！　邪魔するな！』

男はクウヤの手を振り払おうとしたが、それはできずに、睨みつけるだけになる。

「俺はここから出る方法を知っている」

クウヤの言葉に、はっと目を見開いた。

『……教えてくれ。頼む！』

「方法はひとつだ。死を受け入れろ」

『受け入れているさ！』

「いや、受け入れているなら、とうに執着を捨てている。今までの人生はもう終わったんだ。これからは新しい人生が始まる」

『新しい人生なんかいらない！』

「別の家に生まれて、別の人間として生きるんだ。今度はどんな人生を送りたい？」

『俺は……』

「生きているとき、やりたいことはたくさんあったんだよな？　たとえば旅行とかどうだ？」

『旅行……好きだった』

ふと、男は興味を抱いたようだ。黒い靄が少し薄れてくる。

『いろんな国に行ってみたかった……。忙しすぎて新婚旅行にも行けなかったんだ。落ち着いたら、妻とハワイへ行こうって約束していたけど。もし生まれ変われたら……本当に行けるのかな?』

「行く気があるなら、いくらだって行ける。いっそ、外国に生まれるというのはどうだ? 今度は反対に日本に行きたいと思うかもしれないな」

『そうだな。日本が懐かしくなったりして……』

男は少し笑った。黒い靄はどんどん薄れていく。

『次は幸せな人生を送りたいな……。もっと男前に生まれて、もっと頭よくて……もっといい奴になりたい。結婚したら、今度こそ妻を幸せにしてあげたい』

「おまえが望めば、そうなるさ」

本当に望む人生が送れるのかどうか判らない。けれど、そのとおりになる気がしてくる。彼の来世には幸せが待っていますように。

ミランも一緒に祈った。

男の姿が薄れていく。執着がなくなり、生まれ変わる気持ちになっているのだ。

『本当は……ずっと誰かに話を聞いてもらいたかったんだ……』

突然命を絶たれ、未来を奪われたことに、心の整理がつかなかったのだろう。誰彼構わず必死に話しかけていたのは、気持ちを判ってほしかったからなのかもしれない。

『すごく……楽になってきた。なんだったんだろう。ずっと苦しかったのに』

「死を受け入れたからだ」

『そうか……。よかった……』

男は微笑む。そうして、その姿はすっと消えていった。

ユズキとクウヤによる説得だけで、彼は自ら納得して冥界に行ったのだ。彼が悪霊にならなくて、ミランは心底ほっとした。

「よかった……！」

「よし！」

ユズキとクウヤはハイタッチしている。見ていただけのミランにも、霊の説得はかなり大変なものだとよく判った。

「お疲れ様。ここには他にも霊がいるけど、これで終わり？」

ユズキはこちらを振り返る。

「悪霊化しそうなのはあいつだけだったから。実はもう一人ターゲットがいるんだけど、今度はミランに任せてみようかな……」

「わたしに？　できるかな……」

昨日はリヒトの手助けをしたものの、自分がメインで動いたわけではない。結局、リヒトがいなければ、あの女性を説得できなかった。

できれば、自分も霊を冥界に送ってあげたい。霊は見えるし、話しかけたり触れたりすることはできる。しかし、霊が抱いているこの世への未練に対して、何をしてあげられるだろうか。

恐らく説得が基本なのだろうが、さっきの様子を見ているとかなり難しそうだ。自分で大丈夫だろうか。

「気負わなくていい。まずは霊と話すことから始めよう」

クウヤは穏やかにそう言ってくれる。とにかくやってみないことには始まらない。ここで怖気(おじけ)づいていたら、仕事なんてとても無理だ。

ミランは勇気を振り起こして、先に立って歩く二人についていった。

病院の庭の一角——大きな木の下に幼い少女の霊がいた。

「ああ……あの娘だよ」

ユズキは少女を指さす。

年齢は五、六歳くらいだろうか。可愛らしい顔をした女の子で、古ぼけたワンピースを着ている。彼女はしくしくと泣いていた。

どうして幼くして亡くなってしまったのだろう。可哀想に。

未練があるからここにいるとはいえ、さっきの霊みたいに黒い靄はかかっていない。薄い灰色の靄があるだけだ。

ミランは一人で彼女に近づき、声をかけた。

「ねえ、どうしたの？　痛いところでもある？」

溢れ出る涙を拭いて、少女はミランを見た。大きな瞳からはまた涙が零れ落ちてくる。ハンカチでも持っていたら拭いてあげるところだけれど、残念ながらポケットには何も入っていない。

少女はしゃくり上げながら言った。

『ママが……いない』

その言葉はミランの胸に突き刺さった。

――お母さんがいない……。どこに行ったの？――

幼いミラン自身の声が聞こえたような気がする。ふっと記憶の一部が戻ってきた。

かつてミランは母を求め、こんなふうに泣いていた。誰かが慰めてくれても、涙は止まらない。母はもう帰ってこないのだと、本当は判っていたから。

髪を振り乱した悪鬼（あっき）のような母親の姿が頭に浮かび、切なくなってきた。

どうしてお母さんは……ううん、今はそんな場合じゃない。

ミランは気を取り直し、少女に優しく話しかける。

「お名前、教えてくれる？」

『エミリ……』

「エミリちゃん、ママのところに行きたい？」

少女は頷（うなず）いた。小さな頭が頼りなく揺れて、抱き締めたくなる。

こんなに幼い少女が命を落としたことが悲しい。そして、娘を亡くした母親は、どんなに悲しんでいるだろう。

「ママはおうちにいるのかな？」

『ううん。……ママはあそこ』

エミリは病院の建物を指差した。

「ママは入院してるの？」

『うん。でも、いなくなった』

一体どういう意味だろう。

入院しているのに、いなくなったって……。

病気か事故でここに入院していて、もう亡くなったということ?

ミランははっとしてユズキとクウヤを振り返った。ユズキはゆっくりと近づいてきて、ミランの隣で立ち止まる。

「この娘は母親の死が理解できていない」

「!」

少女は幼くして亡くなったばかりか、母親をも亡くしていたのだ。

「母親が入院したとき、他に身寄りがいなかったから、この娘は施設に預けられた。ろくに死に目にも会えず、何も判らないまま通夜と葬儀に連れていかれたんだ」

だとすれば、母親の死が理解できないのも判る。実感が湧かないのだろう。

わたしもそうだった……。

また記憶の一部が戻りそうになったが、ミランは再び気を取り直す。

「……この娘のお母さんはどこにいるの?」

「冥界だ」

「こんな小さな女の子を残して未練はなかったの?」

「愛と執着は違うだろ」

未練はあっても執着しなければ、現世に留まることはないということか。なんにしても人間界をさ迷って悪霊化するより、素直に冥界へ行ったほうがいい。

「この娘に悪霊化の気配はないけどさ、リヒトの奴、子供に甘いからこういうターゲットは多いんだ。母親が亡くなった後、病院へ母親を捜しに行こうとして事故に遭って……皮肉にも同じ病院に運び込まれたわけだ」

だから、今もここで母親を捜しているのだ。

「それじゃ、この娘を冥界に連れていけば……」

「この娘は自分の死は理解している。だから、次は母親の死を理解させないといけない。でなければ、ずっとこのままだ」

無理やり連れていく方法ではダメだということか。自力で冥界に旅立たせるのが、自分達の仕事なのだ。

ミランはエミリの前に身を屈めた。彼女の泣きはらした目をしっかりと見つめて、頭をそっと撫でる。そして、彼女を安心させるように微笑んだ。

「ねえ……エミリちゃん。ママはお空の上に行ったのよ」

『お空の上……？』

エミリは眩しそうに空を見上げた。でも、すぐにうつむいて泣きそうになる。

『……いないよ』

「ちゃんといるわよ。今は見えないだけ。ママがどうして病院にいたのか覚えてる？」

『病気だったの。いつも苦しそうだった。ママは病気なおして迎えにくるって……約束したの』

「ママのところに、お空から天使が来てくれたのよ。もう苦しくないように、お空の上の世界に連れていってくれたの」

『もう苦しくない？』

「そうよ。お空の上でエミリちゃんを待っているって」

彼女の目が輝いた。

『待ってる？　ママに会えるの？』

「そうよ」

彼女はとても幸せそうに笑った。

『じゃあ、プレゼント持ってく！』

「えっ……プレゼントって何？」

『ママとエミリの絵！　病気なおったらあげるって指切りゲンマンしたの』

冥界に人間界のものを持ち込めるのだろうか。こんなに幸せそうに笑っているのに、ダメとは言いづらい。それに、母親に約束したプレゼントを持っていかなくては、エミリは納得してくれないかもしれない。

ミランは助けを求めてユズキを見た。

「どうしよう……」

「この娘がいた施設が近くにある。その絵が残っているかもしれない」

「亡くなったのはいつなの？」

「一ヵ月くらい前だ」

「そんな最近なら残っている可能性も高いか……。でも、絵は冥界に持っていけるのかな？」

「この娘が、持っていけると思えばそれでいいんだよ」

どういう意味なのか、ミランには判らなかった。けれども、とにかく施設に行ってみるしかない。

とはいえ、自分達ではどの絵がエミリのものなのか判別がつかない。

「この娘は病院の外に出られるの？」

「オレ達と一緒なら大丈夫だ」

「じゃあ、エミリちゃん。プレゼントを取りにいこうか」

「うん！」

エミリはニコニコしながら元気よく返事をした。

『ここよ！』

エミリは児童養護施設の門の前に立ち、建物を指差した。

手前には滑り台やブランコなどの遊具が置いてある広い庭があり、その奥にコンクリート二階建てで横に長細い建物があった。

雰囲気としては小学校のようだ。幼児の甲高い泣き声が中から聞こえてきて、記憶がふっと刺激される。

あれ……？　なんだか……。

ここに見覚えがある。自分が知っている場所なのだろうか。

ほんの少し記憶が戻りそうになったものの、エミリが駆け出したため、慌てて追いかける。

『こっち』

振り返ると、ユズキとクウヤは門の前に立っている。ミランに任せたということなのだろうか。

もし絵がなかったら、エミリをどうやって説得したらいいのだろう。不安に思いながら、エミリと一緒に建物の中へ入った。

二人とも霊体だから、扉を開けなくても中に入れる。その仕組みを理解していても、扉をすり抜けると、変な感じがしてきてしまう。

『これ……!』

玄関入ってすぐの壁に、まさしく学校の廊下(ろうか)にあるみたいな掲示板が張ってあり、そこに子供の絵がたくさん飾られていた。

その一枚をエミリは指差す。

クレヨンで描かれた絵には、仲良く手を繋(つな)ぐ三人の人物がいた。パパとママとエミリだとちゃんと書き込まれている。空には太陽と雲も描かれていた。

『この雲の上にママがいるの?』

「そうよ」

『パパもいたらいいのになあ』

エミリは幸せそうに笑い、絵に向かって両手を伸ばした。

『パパ……ママ……エミリも行くよ』

彼女の姿はそのまま消えていく。

絵を持っていけると思って、エミリは安心したのだろう。彼女は心残りなく、冥界に旅立てたに違いない。

ああ、よかった……！

再会できるかどうはミランには判らないけれど、この絵のように三人で仲良く手を繋げたらいいなと願う。

ふと、ミランは改めて周りを見回した。なんとなく廊下を歩いていくと、扉に献立表（こんだてひょう）が貼ってある扉を見つけた。

食堂だ……。

その佇（たたず）まいに記憶が引っかかる。やはり知っている場所なのだ。

わたし……ここにいたことがある。

知っているどころではない。ここで生活していたのだ。

仕事の指示を出すのはリヒトだ。つまり、今回もミランがここで暮らしていたことを知っていて、記憶を取り戻させようとしたのだろう。

過去の一部がゆっくりとミランの頭の中で再生されていく。

確か……わたしには三歳上のお兄ちゃんが一人いた。

母を亡くした後、兄妹は親戚中をたらい回しにされた。どこの家でも邪魔者扱いだった。余りものばかりを食べさせられ、学用品でさえ買ってもらえない。

『あんた達なんか、家に置いてもらえるだけマシなんだからね』

『文句言う前に、することがあるだろ』

『ほら、これでも食べてなよ』

意地悪な言葉をたくさん投げつけられて、兄妹はいつも空腹に耐えていた。夜には狭い納戸で身を寄せ合いながら、薄い布団に包まって我慢するしかなかった。

父はミランが物心つく前に亡くなった。だから、母を亡くした後は、本当に兄と二人きりだったのだ。

そうだ！　わたしはお兄ちゃんと冥界へ行ったのよ！

でも、結局は人間界に戻り、この施設に入れられた。ただ、今もここで暮らしているかといえば違う気がする。といっても、自宅までは思い出せない。

ミランは思い出したことを今すぐユズキ達に話したかった。しかし、廊下を戻ろうと振り返ったところで、思いがけない人が目の前に現れる。

「リヒト……！　どうしてここに？」

彼が来る予定はなかったはず。それとも、ミランが聞いてなかっただけだろうか。

「エミリが無事に冥界へ辿りついたことを知らせようと思った」

「ホント？　よかった！」

「よく頑張ったな」

褒めてもらえるとは思わなくて、照れくさい。が、今はそれより戻った記憶の話がしたい。

「あのね、ここにいたのを思い出したの！」

リヒトは軽く頷いた。彼はすべて判っていてエミリと接触させたのだから、ようやく思い出したのかと言いたいくらいだろう。ひょっとしたら、ミランの記憶が戻ったことを確認したくて、わざわざ来たのかもしれない。

「わたし、あの頃はいつも泣いてばかりだった。お兄ちゃんを困らせて……」

急にまた記憶が萎んでいく。その先が思い出せなかった。

どうして冥界に行くことになったのかも思い出せない。ただ、恐ろしい顔をした母の記憶だけがある。

そして、お兄ちゃんは……？

たった一人の身内である兄はどこにいるのだろう。魂が抜けたミランの肉体を前にして、心配しているのではないだろうか。

ああ、早くすべてを思い出してしまいたい。こんな中途半端な気持ちでいるのは嫌だ。けれども、全部思い出してしまったら、冥界にいる理由がなくなってしまう。もちろん仕事をすることもない。

自分には戻る場所があるはずだ。すべてを思い出したらそこへ戻ればいいだけの話で、心細く感じる必要はない。

彼らに会えなくなって、淋しい思いをする必要も……。

ミランはじっと見つめてくるリヒトの瑠璃色の瞳を見つめ返し、強張った笑みを浮かべた。

「思い出したけど……少しだけ」

「少しだけでも進歩だ」

大きな掌に頭を軽くポンと叩かれる。

たったそれだけのことで、胸は温かくなってくる。

彼はミランを詰ったりしない。心の内を理解してくれる。真正面からは優しくしてくれないけれど、さり気なく心を配ってくれる。

「……あいつらが気を揉んでいる。外に行こう」

ミランは頷き、二人は施設の外へ出た。

「リヒト！」

門の前にいたユズキが声をかけてきた。クウヤも後ろにいる。クウヤは眉をひそめて、気難しい顔つきをしていた。

「……どうしておまえがここにいるんだ？　俺達に任せる約束だろう？」

「エミリが無事に冥界へ辿り着いたと報告するために来た。ミランはちゃんと役目を果たしたようだな」

「ミランの様子が気になっただけだろ。過保護な奴め」

過保護というより、冥王として責任があるからだと思うのだが。クウヤにはそれが過保護に見えるのだろうか。

ミランはユズキとクウヤに話しかけた。

「わたし、また少し思い出したの。子供の頃、ここで生活していたのよ」

「へぇ……。そうなんだ？　他には？」

「わたしにお兄ちゃんがいたの！　今どこにいるのかなあ。会えるといいな」

「……会えるさ。きっと」

「そうよね！」

思い出していくのが怖いけれど、たった一人の肉親と会えるのなら、やはり早く記憶を取り戻したい。けれど、ユズキは何故か複雑そうな表情をしていた。

「一仕事して疲れただろう。少し休もうか」

リヒトはミランの手を握った。

えっ……。

急に手を握られて、ドキッとする。

「私は今、人間に見えるようになっている。この状態の私が触れれば、霊体のおまえも人間から見えるようになる」

「えっ……そ、そうなの？」

「カフェでは見えない人間にコーヒーは出してくれないだろう？」

カフェ……！

思わずリヒトの横顔を二度見してしまった。

人間界にいるときのリヒトは、一応、現代人らしい格好をしている。けれども、彼の正体は冥界の王だ。そんな彼がミランと手を繋いで、カフェに行くのだ。なんとも言えない気分になってくる。

違和感というか、ミスマッチというか……。

でも、温かくて大きな手に自分の手が包まれる感触に、なんだかぽうっとしてしまう。

だって、手を繋いで歩くなんて、デートみたいだから。

初めてのデート……。

ふと、そんなフレーズが頭に浮かぶ。

いや、もちろんデートではない。そもそも二人きりではない。ユズキとクウヤも後ろからついてくる。

振り返ると、二人――いや、ユズキは不機嫌そうに肩をいからせている。

「え……と、二人とも今は人の目に見えてるの？」

「ああ、そうだ。俺はコーヒーだけでなく、何か食いたいと思って」

クウヤが少し笑った。ユズキとは対照的にとても機嫌がよさそうだ。もしかしたら、食事をするのが楽しみなのかもしれない。

しかし、こうして四人で歩いていると、通りすがりの周りの人達にじろじろ見られているような気がする。

ミラン達はそれぞれに普通の人間とは言いがたい。

ひょっとして……どこか違和感があるのかも。

ミランはリヒトをちらりと見た。

服装はともかく、長すぎる銀髪はとにかく目立つ。それもただの銀髪ではなく、眩(まばゆ)い光を放っているのだ。

ああ……これは目立たないほうがおかしい。

しかも、彼の瞳は鮮やかな瑠璃色だ。それに長身かつ綺麗な顔立ちであり、放っている
オーラも独特。となれば、ついリヒトを見てしまうのも判る。

「何故、こそこそ周りを見ている？」

キョロキョロしていたせいか、リヒトに訊かれた。

「あ、えーと……リヒトは目立ってるみたいって思ったの」

ごまかしても仕方ないので、本当に思っていたことを言う。

「そんなに目立つか？」

リヒトは眉をひそめて、怪訝そうに尋ねてきた。

「目立たないはずがないって思わない？」

「思わないな。ごく普通の服装だ」

「服装はね。でも、それ以外が普通の人とは違いすぎるから」

自分では判っていないらしく、顔をしかめつつ首をかしげた。

「……そうだろうか」

「そうなの！　でも、たぶん芸能人か何かだって思われているだけよ」

まさか冥王だなんて、誰にも判るはずがない。隣にいるミランが霊体だとも、もちろん判らないだろう。

なんだかおかしくなってきて、ミランはふふっと笑った。

正体不明の二人が手を繋いで人間界を歩いているのだ。

なんだか……すごく変。

「おまえは面白いな」

リヒトが呟く。

「何が面白いの？」

「泣きそうになったり笑ったり忙しい。見ていて飽きない」

そんなこと初めて言われた……。でも確かにリヒト達の前では表情を取り繕えないことばっかりだったかも……。

それに彼はいつだって碌に視線をくれない。だからミランを観察していたとは知らなかった。

頰が火照ったように熱くなってくる。

表情だけではない。感情の変化にもとっくに気づかれていたのだ。こちらは懸命に隠そうとしていたのに。

なんでもお見通しなのね。

急に、繋いだ手を意識してしまう。

リヒトの行動に、特別な意味がないのは判っている。でも……彼に手を握られていると、心の中まで温かくなってくる。

それに、なんだかドキドキしてくる。こんなふうに気持ちを昂らせている自分は馬鹿みたいだと判っているのに。

ミランはまた秀麗な横顔をちらっと見た。やはり、目が合わない。けれども、知らない間に彼もこちらを見ているのだと思うともどかしい。

リヒトはいつもミランを見下ろしていて、ずっと手の届かないところにいる。

もっと彼と心を通わせたい。だけど、二人の立場の違いを考えたら、それは無理なのだろう。

はあ……。

心の中で溜息をつく。

なんだか、わたし、恋してるみたい……。

そんなわけはないのに。

絶対ないのに。

やがて四人は近くのカフェに入った。ランチタイムも終わりに差し掛かったところで、それほど混んではいない。

「いらっしゃいませ。四名様ですね」

店員にそう言われて、本当に見えているのだとほっとする。ここまで来て、自分だけ透明人間だなんて嫌だった。

窓際の明るい席に案内され、四人はテーブルを囲んだ。

やっぱりここでも目立ってる……。

リヒトはもちろん、よくよく見れば、ユズキもクウヤも顔立ちは整っているし、目立つ印象がある。

イケメン三人に囲まれている女子高生一人。

なんだか、わたしごときがすみませんと謝りたい気分になってくる。

それに、今まで気にも留めていなかったが、制服姿だから高校生なのがばればれだ。

自分ではどこの学校に通っていたかも判らないし、判ったところで今はどうしようもないけれど……。

メニューを見る段になって、リヒトはミランの手を放した。

「あっ……」

もしかして今、自分は突然人の目から消えた状態なのかもしれない。だが、すぐにお互いの腕が触れ合っていることに気づいた。つまり、それほど近い距離に座っているのだ。

「大丈夫だ。身体の一部が触れているだけでいいんだ」

そっと説明されて、ほっとする。

くっついて座っているのは少し恥ずかしいが、ずっと手を繋いだままというわけにもいかない。

リヒトはコーヒーを、ミランはオレンジジュースを頼んだ。ランチタイムに悪いと思ったものの、まったくお腹は空いていない。

その代わり、クウヤはチキンステーキセットを注文し、ユズキは面白くなさそうな顔のままハンバーグセットを注文する。

「ユズキはどうしてそんなに機嫌が悪いの？」

ミランは向かいに座るユズキに思わず尋ねていた。

どうもさっきから彼の態度は気にかかる。自分が何かしてしまったのだろうか。

「別に。不機嫌なんかじゃねーよ」

とはいえ、ふてくされたような表情は変わらない。

うーん。どうしよう……。

やがてミランの前にジュースのグラスが置かれる。恐る恐るグラスを持つと、ちゃんとガラスの触感があった。手がすり抜けたらどうしようと思っていたが、大丈夫だった。ストローでジュースを飲むと、ちゃんとオレンジジュースの味がした。冥界で食べたものもおいしかった。けれども、幻とは違う人間界の食べ物が嬉しい。

なんだか幸せ……。

思わず満足の溜息を洩らす。

ふと向かいを見ると、ユズキが腕組みをした上、足まで組んでいた。

「本当は何か怒っている?」

クウヤの視線がユズキに向き、ニヤリと笑う。

「そうだな。怒っているようだな」

「別に怒ってねーよ!」

「でも、苛々しているみたい」

「そうだな。苛々しているみたいだな」

ミランに同意して、クウヤはうんうんと頷いた。

「うるせー」

ユズキはクウヤをじろりと睨んだ後、ツンとそっぽを向いた。

「やれやれ。……ユズキは子供みたいなところがあるからな。気にしないでくれ」

クウヤは笑った。揶揄われたユズキはますますむくれている。

普段は無口なクウヤだが、ユズキには心を許していて、気のおけない関係なのが伝わってくる。二人はいいパートナーなのだろう。

「二人は仲良しなのね」

ミランの呟きに、クウヤは声を上げて笑った。リヒトは咳払いをし、ユズキは真っ赤な顔でミランを睨んだ。

「別に仲良しじゃねーよ！」

「そ、そう？　わたし、なんかさっきからユズキを怒らせてばっかりみたい。ごめんなさい」

「……いや、おまえはなんにも悪くないから、謝んなくていいよ」

ぶっきらぼうではあっても、そう言ってくれた。

本当に自分のせいではないのかどうかは判らない。気を遣ってくれただけなのかもしれない。

それでも、きちんと答えてもらえて嬉しかった。

願わくは、彼らみたいに気安い関係になりたい。まだ仕事を始めたばかりで迷惑をかけているし、信頼だってないだろう。

それでも、こうして一緒にいると、仲間になれた気がしてくるのだ。

せめて、ずっとこの穏やかな時間が続いてほしい。

すべての記憶を取り戻すまでの間だけでいいから。

ミランはそう願った。

カフェを出るときに、リヒトは全員分の料金を支払った。

当たり前のことかもしれないが、不思議に思って、店を出てすぐリヒトに尋ねた。

「人間界のお金って、どうやって手に入れるの?」

「こちらでは希少な鉱物が冥界では簡単に採れる。それを売れば、ここでの通貨に替えられるんだ」

「そうだったのね」

こそこそ話をしていると、ユズキが突然割って入ってくる。

「いつまで手を繋いでんだよ!　いい加減、離れろっての!」

そういえば、店を出てからも、リヒトはずっとミランの手を握っていた。ユズキに引き剝がされたから、今のミランはもう人の目には見えていないのだろう。

ミランは自分の手を眺めながら溜息をついた。いつまでもデート気分でいた自分が恥ずかしい。

リヒトには絶対にそんな気ないのに！

ユズキが苛々している原因も、変に浮かれた自分のせいかもしれない。

「ごめんなさい」

「だから！　おまえは謝らなくていい！」

怒られるたび、反射的に謝りたくなる。そんな態度はよくないと判っているのだが。

そのとき、ポンと背中を叩かれる。リヒトだ。

彼を見上げるも、もうこちらを見ていない。はっとして彼を見る。やはりミランの心の揺らぎに気づいているのだ。

そして、落ち込んでいると、慰めようとしてくれる。

胸の中にあった重いものが、魔法のようにすっと軽くなった。

『ありがとう……』

声に出さずに、心の中で礼を告げる。

次の瞬間、ちらりと視線が向けられた。

もしかして、ちゃんと伝わったのかな……？

きっと訊いても答えてくれないだろう。それでも、伝わってくれたら嬉しい。

一瞬だけリヒトが微笑(ほほえ)んだ。

「帰ろうか」

「今日の仕事は終わりでいいの？」

「ミランはな。始めたばかりで無理しなくていい」

「同意。無茶はするな」

クウヤも頷いている。

ということは、二人にはまだ仕事があるらしい。ミランにだけ休めと言っているのだ。

「今のところ順調に過去を思い出している。もちろん早くすべてを思い出したほうがいいが、無理するのはよくない」

もっと彼らの役に立ちたいけれど、彼らにとっては客のようなものでしかないのだろう。

ミランがやるべきことは仕事ではなく、記憶を取り戻すことなのだ。

同じ輪の中にいても、ミランだけ仲間ではない……。

今更、そんなことで傷つくのは間違っている。彼らはこんなにミランを気遣ってくれているというのに。

ただ、心の内では傷ついていた。

「じゃあ……今日は帰ります。ユズキもクウヤもありがとう」

ごく自然にリヒトの手がミランの手を握る。もちろんこれは冥界に戻るためだ。

けれども、馴染(なじ)んだ温もりが戻ってきて……。

彼の瑠璃(るり)色の瞳がキラリと光ったように見えた。

四章　女神の戯れ

翌日、日が落ちるまでは自由にしていいと言われたので、ゆっくり過ごした。

散歩をしたり、河原にいる人達と話をした。川の浅瀬で子供達と遊んだり、野原で寝転んでみたりもした。

このままここにいたら……。

確かに魂が浄化してしまいそうだ。いや、癒されている場合ではないのは判っている。

ミランは記憶を取り戻さねばならない。

でも……忘れてしまうのは、忘れてしまうだけの理由があるんじゃないのかな。

覚えていたくなかったから、記憶を失ったのではないかと思うのだ。それだけのつらい何かがあったのかもしれない、と。

ともあれ、やがて日は落ちた。夕食をいただいてから、ミランはクウヤやユズキと一緒に人間界へ向かった。

今回は少しだけ厄介な魂を捕まえる仕事だという。今までは『説得』して、心残りを解消すればよかったが、今日はそういうわけにはいかないらしい。

ミランは気を引き締めて、人間界へ行くことにした。

ユズキからは、くれぐれも気をつけるよう言われている。曰く『おまえは自分の身の安全だけを考えろ』だそうだ。

役に立ちたいけれど、下手に動いて邪魔をしてはいけない。言いつけは守らなくては。

人間界も夜だった。

ここは……駅だ。

ミラン達はあまり大きくない駅の出入り口の近くにいた。ちょうど電車が着いたばかりなのか、たくさんの人が足早に出てくる。

その光景を目にして記憶の扉が開きかけるが、どうも頭の配線が上手く繋がらないようで、やはり思い出せない。

でも、知っている場所かもしれない。

辺りを見回した。駅前にはスーパーやコンビニ、飲食店などがあり、その向こうには十階建てほどのマンションが建っている。見える範囲内でもマンションはたくさん建っていて、ベッドタウンといった感じの街だ。

会社や学校帰りの人達が足早に歩いていく。霊は灰色の靄をまとっているものだが、夜だとさすがに見えにくい。とはいえ、人間に比べると影が薄いというか、やはり見た目がどこか違う。

「……あれだな」

クウヤが指を差した。

改札から出てくる人達の中に紛れている。黒い靄をまとった二十代くらいの青年だ。でも、今までミランが見た霊とは様子が違う。

目つきや雰囲気が最初から暗く淀んでいて、ひどく陰湿な感じがする。青年は自分の前を歩く若いスーツ姿の女性の背中をじっと凝視していた。

クウヤの説明は続く。

「あいつはあの女性にストーカーしているらしい」

「ストーカー？　霊がストーカーするの？」

「めずらしいことじゃない。執着する対象が人間界にいるからこそ、冥界へ行けないわけだから。あいつの場合、生きているときからストーカーだけど」

「でも、生きている人間じゃないから、ストーカーしても直接危害は与えられないんでしょ？」

「そんなわけねーだろ！」

　ユズキが話に割り込んできた。

「ああやって後をついていけるってことは悪霊化してるし、もう取り憑かれているってことだ」

「取り憑かれたら、どうなってしまうの？」

　ユズキは一瞬だけ何かを思い出しかのように、苦しげな表情で目を閉じた。彼はかつて、悪霊に取り憑かれて死ぬ一歩手前まで行った、まさしく体験者なのだ。

「ごめん。嫌なこと訊いちゃって」

「いや、いいんだ。これは知っておいてほしい。瘴気にあてられ続けるせいで、まず身体に不調が起こる。倦怠感だの悪寒だの……。眠っていても悪夢から逃れられず、心にも不調をきたす。さんざん苦しんだ挙句……最終的に命を落とすこともある」

　ミランはぞっとして身体を震わせた。

「そんな……。じゃあ、早くなんとかしないと」

「そうだな。さっさと冥界に送ってやんねーと。ミランは少し離れたところで見てな。オレとクウヤでなんとかするから」

　駅前は明るかったのに、脇道に入ると、街灯はあるもののひどく暗い。そんな中、女性は早足で歩きながら、時折、後ろを気にしている素振りをする。あれだけの悪意剝き出しの霊がくっついているのだから、目に見えなくても、きっと何か感じるものがあるのだろう。

駅からたくさんの人が出てきたにもかかわらず、彼女の自宅方面に向かう人はほとんどいない。何もなくても、若い女性なら怖くなって当たり前だ。

ユズキとクウヤは青年に近づいた。ミランはユズキの指示通り、少し距離を置いて二人を追う。

昨日クウヤはなるべく水晶の力を使いたくないと言っていたが、誰かに取り憑くような霊に説得を試みても仕方がないだろう。

クウヤは青年の肩を摑んで、引き留めようとした。

「おい……」

しかし、青年は気にも留めない。

「奴はどうせ言うことなんか聞きゃしないよ。さっさと済ませようぜ」

ユズキの言葉に、クウヤは頷いた。

クウヤは青年をいきなり羽交い締めにする。立ち止まったユズキは水晶のペンダントを首から外した。それをナイフのように構えると、たちまち白い光を放ち始める。

冥界でやったみたいに、光の空洞を宙に作るのだろう。そこから直結している独房に、クウヤが青年を連行するのだ。

ミランがそう思った瞬間だった。暴れもがいた青年はクウヤの腕から逃げ出し、駆け出してしまう。

「この野郎！」

クウヤは急いで追いかけていく。

ユズキは水晶を握りしめながら、悔しそうに呟いた。

「あいつ、相当厄介だ」

「どういうこと？」

「おそらく自分が冥界に連れていかれようとしてるのを察知して、逃げ出した。自分の死は理解してる。つまり、相手を道連れにするつもりでストーカーし続けてるってわけだ」

妄執のあまり自分が死んだことも判らず相手に取り憑いた結果、死なせるのではなく、最初から死なせることが目的だったということだ。

「待て！」

いつの間にかクウヤは獣化しているが、彼でも追いつけないくらい、青年は縦横無尽に逃げ回っている。

というか、地面の上を走っていない。マンションの外壁を上ったり、かと思うと途中で飛び降りたり、障害物を突然すり抜けたり……。

肉体は持っていないのだから、確かにそういうこともできるのだろう。しかし、それは霊体の自覚がなければできない。

とはいえ、霊体であっても、ミランはマンションの外壁を上ろうとは思わない。彼はこれまで女性の後をつけながら、霊体だからこそできることを研究していたのかもしれない。

土地勘もあるみたい……。

何がどこにあるのか知っているから動きに迷いがなく、俊敏なクウヤにも捕まらないのだ。

確かにこれはかなり厄介だ。しっかり目的を持って行動している。今までミランが見た霊とはまったくタイプが違う。

もし自由自在に動けるストーカーが自分の後をつけていたら……。

想像してみたら、ゾッとした。

「あの人、クウヤを揶揄(からか)って楽しんでいるみたい」

「まあ、そうだろうな。でも、子供みたいな純粋な楽しさじゃなくてさ。離れていても、あいつが放つ嫌な波動が伝わってくる」

まさに悪意しか感じない。それも恐ろしかった。

「何がなんでも、自分と同じ死の世界に引きずり込みたいようだな。ものすごい執念を感じる」

死の世界に引きずり込みたい……。

その一言で、記憶が刺激された。

脳裏に悪鬼のごとき母の顔が浮んだ——かと思うと、次々に記憶の扉が開いていった。

幼いミランは冥界にいた。兄も一緒だ。

兄妹を冥界に連れていったのは……亡き母だ。

物心ついたときには父はおらず、母と兄とミランの三人でずっと暮らしていた。貧しい暮らしだったように思う。でも、母と兄がいて、毎日が楽しかった。

母はいつだって朗らかに笑っていた。仕事が忙しかっただろうに、休みの日には遊びに連れていってくれた。

記憶にあるのは……。

夏祭り。海水浴。

駄々をこねて、なんとか遊園地に連れていってもらったこともあった。

母の手伝いをしようとして、茶碗を割ったときも、声を荒らげたりしなかった。泣きじゃくるミランの頭を優しく撫でてくれた。

『ミランちゃんはお母さんのお手伝いをしてくれようとしていたんだもんね』

『ごめんなさいって言えて、偉かったねえ』

母の柔らかく温かい手が大好きだった。出かけるときはいつも母の手を握り、そんな生活がずっと続くと思っていた。

だけど、突然、母が病気で倒れてしまった。

入院してから亡くなるまであっという間で、ミランはただ兄にしがみついて泣くことしかできなかった。

それからは、本当につらい日々が続いた。

兄妹は親戚の間をたらい回しにされ、碌に食べ物を与えられないなどひどい仕打ちをされた。雪の降る夜に躾と称して物置に閉じ込められた二人は意識を失い——そのとき夢の中で母が迎えに来た。

後で聞くと、ミランと兄は命を落とす寸前だった。その前に病院へ運ばれたが、魂は肉体から離れてしまっていたのだ。

母は子供達に執着していたため、恐らく冥界へ行けず、ずっと二人を傍で見守り続けていたのだろう。自分と同じ魂だけの存在になった子供達を連れ、母は冥界へ向かった。

一方、冥界に連れていかれたミランと兄は、母が死んだなんて嘘だったのだと喜んだ。

『これからは、ずっとここで一緒に暮らせるのよ』

優しい母が微笑みながらそう言った。

『本当？　本当の本当？』

『本当よ。お母さんは嘘つかないでしょ』

膝の上で甘えるミランを、母は慈しみの表情で見ていた。

大好きな優しいお母さん。

でも……リヒトが現れた。

そして、母を二人から引き離そうとした。

そのときに母が豹変したのだ。髪を振り乱し、大声でリヒトに向かって、聞くに堪えない暴言を喚き散らした。

リヒトがいくら説得しようとしても無駄だった。もう優しい母の顔ではなかった。悪鬼のごとく恐ろしい顔になり、ミランの腕を強い力で摑んできた。

『わたしとずっとここで暮らすのよ！』

母はやはり死んだのだ。そして、兄妹を死の世界に引きずり込もうとしている。

直感的に悟ったミランは怖くて泣きだした。兄が母の手からミランを救ってくれたが、そんな兄に対しても暴言を吐く。

『この裏切り者！　あんた達はわたしの子なんだ！　こっちに来い！　早く！』

リヒトが兄妹を庇(かば)うように前に出ると、彼へ摑みかかろうとした。が、後ろからクウヤに羽交い締めにされ、そのまま引きずられていく。

あのときは……リヒトが水晶のペンダントを持っていた。リヒトが光の空洞を作ったのだ。

ミランは兄にしがみついて、泣き叫んだ。

母が怖かった。でも、母はどこかに連れていかれてしまった。

助けてあげたいのに、自分達はどうすればいいのだろう。

震えながら泣いていると、リヒトが二人を抱き締めてくれた。

『おまえ達の母親は子供をいつまでも想う素晴らしい人だった。死んでも傍で見守っていたからこそ、つらい思いをしているおまえ達を連れて、冥界に来てしまった。だが、いつまでも思いを残していては生まれ変わることはできない。母親のために、おまえ達は自分達の力で生きていくんだ』

彼はそんなふうに慰めてくれた。それでも、二人の心は傷ついたままだった。

せっかくお母さんと再会できたのに……。

もうつらい思いはしなくていいと思ったのに。

リヒトが現れなければ、母と一緒に暮らせていたのに。

そう思ったものの、母はもう以前の母とは違う。幼いミランでも理解できた。

それからリヒトは兄妹を冥界のいろんな場所に案内してくれた。美しいものを見せ、おいしいものを食べさせてくれた。

そして、彼は何度も母を褒めてくれた。おかげで、次第に恐ろしい形相の記憶が薄れていき、優しい面影が思い出せるようになった。

だから……リヒトが大好きになった。

クウヤは狼の姿になって、兄妹と遊んでくれた。ミランがふさふさの毛並みを撫でたり、枕にして寝たりしても怒らなかった。彼も本当に優しかった。

ずっとここにいたい。リヒトとクウヤがいる冥界にいたい。

いつしかミランはそう願うようになっていた。

でも、それは許されないことだった。兄妹の肉体はまだ生きているから、戻らなくてはならなかった。

ミランと兄は楽園を追い出され、再び、つらい現実に晒されることになった。

その後、二人は親戚の家から施設に移り、やがてミランだけが優しい夫婦に引き取られた。兄と『いい子でいる』という約束をして……。


「ミラン、どうしたんだ？」

ユズキに肩を揺さぶられ、ミランははっと我に返った。

頬を涙が流れている。思い出した過去はつらすぎた。

「お、思い出したの……」

今さっき取り戻した記憶について話した。

「お母さんは……お兄ちゃんとわたしに執着していたの。だから、冥界に連れていって……。でも、それって、わたし達が死ぬことになるのに……」

彼は眉を寄せて、じっとミランを見つめている。ひどく切なげな表情だった。

何故……？

ユズキはどうしてこんな顔をしているの？

それはまるで……。

ミランが養父母へ引き取られる際、兄が見せた表情を思い起こさせた。

『新しいお父さんとお母さんに可愛（かわい）がってもらえるように、いい子でいるんだよ。ミラン、約束だぞ』

そのときの兄の眼差（まなざ）しと、今のユズキの眼差しが重なる。

「お兄……ちゃん……？」

囁（ささや）くように呼びかけると、ユズキが目を見開く。

同時に、クウヤの声が耳へ飛び込んできた。

「待て！」

振り向くと、青年は電線まで逃げている。どうしても距離が縮まらず、クウヤは悔（くや）しがった。

「くそっ！　どうやったら捕まえられるんだ！」

捕まえないことには冥界には連れていけない。

「何かいい方法はないの？」

「一旦引こうか。どうせストーカーしに戻るんだろうから」

でも、また逃げるんじゃないだろうか。それでは同じことの繰り返しだ。

不意にミランは気がついた。

わたしなら捕まえられるかも……？

今のミランは肉体を持たない。人の目からは見えないのは同じでも、肉体を持つクウヤやユズキと違い、青年のように物をすり抜けたり、壁を伝って走ったりできる。だとすれば、勇気を振り絞る価値はある。

でも、本当にわたしにできるの？

何より悪霊と対峙するのは怖い。相手は何をしてくるか判らない。

あれこれ考えている間に、ユズキとクウヤは話し合い、一度引くことにしたようだ。

「ミラン、怪我はなかったか？」

ユズキが心配そうに訊いてくる。

「うん。あの……」

「話は後でしよう」

三人はその場を離れようとした。すると、青年もこちらに興味を失ったようで電線の上を移動していく。

再び女性をストーキングする青年に、ユズキが舌打ちした。

「あいつ……」

ユズキはまだペンダントを手にしている。彼がギュッとそれを握ると、再び手の中の水晶が光りだす。

「やっぱり、なんとかおびき寄せられねーかな」

「わ、わたしが……」

ミランが一歩前に出た。でも、足は震えている。

「クウヤだってダメだったんだ。おまえには無理だ」

でも、わたしはもう泣いてばかりの小さな女の子じゃない。

ユズキとクウヤ……何よりリヒトの役に立ちたい。悪霊に立ち向かうことができるって、認めてもらいたい。

ストーカーに狙われている女性を救いたい。

あんな奴の道連れになんて絶対にさせない！

ミランは思いっきりジャンプしてみた。すると、電線の高さまで跳ぶことができた。

「馬鹿！　戻ってこい！」

ユズキの止める声が聞こえる。

けれども、そのまま青年の後ろから体当たりをした。彼はぐらついたが、怒ってミランを蹴落(けお)とそうとしてくる。

ユズキやクウヤの焦った声が聞こえる。

「危ない！」

「もういいから！」

ううん。よくない。逃がさないんだから！

ミランは青年にしがみついて、地面に向かって落ちていく。

「ミラン！　離れろ！」

ユズキの声に、青年から離れる。隙をついて狼の姿のクウヤが飛びかかり、首を後ろからガブリと噛んだ。

絶叫が聞こえる。

残酷な場面のようにも見えるが、相手は亡者だ。ユズキが光の空洞を作り、クウヤは青年と共にそこに飛び込んだ。

ミランは思わず地面にへたり込む。

ほっとしたのもあるが、やはり怖かった。あの男の持つ悪意が自分に向くのが怖くてならなかったのだ。

「大丈夫か？」

ユズキが助け起こしてくれる。ミランは改めてユズキの顔を真正面から見た。

ああ……やっぱりお兄ちゃんだ。

どうして今まで忘れていたんだろう。

「ユズキはわたしのお兄ちゃんよね？　ね、そうでしょ？」

彼は少し照れたように頷いた。

「やっと思い出したのか。さっき『お兄ちゃん』って呼ばれて、そうじゃないかと思ったけど」

「うん……。少しだけど。お兄ちゃんがいつもわたしを庇ってくれたことは覚えてる。一緒に冥界に行ったことも」

「そっか。うん。思い出してくれてよかった」

ユズキはミランが妹だと判っていたのに黙っていた。リヒト同様、自力で記憶を取り戻すほうがいいと考えていたのだろう。

「お兄ちゃん……」

「『ユズキ』でいいよ。今はそのほうがいい」

彼は何故だか視線を逸らした。口元には微笑みを浮かべているが、喜んでくれているようには見えない。

えっ……どうして？

彼は『ユズキ』として優しくしてくれたし、気遣ってもくれていた。なのに、今はどうしてこんな態度なのだろう。

ミランが途方に暮れていると、クウヤが人間の姿で戻ってきた。しかも、リヒトを連れて。

「うわっ、また来たのかよ」

ユズキの生意気な態度を意に介することなく、リヒトはミランに話しかけてきた。

「何か思い出したか？」

今日は頑張ったのだから、その話がしたかったのに、まずはそこなのだ。

ちょっとガッカリしつつ、ミランは報告をした。もちろんユズキが兄だと判ったことも。

「養女になるまでは思い出したけど、その先はまだ何も……」

ミランの答えを聞いたリヒトは眉根を寄せた。

「そうか……」

肝心(かんじん)な現在の記憶が戻っていなくて歯がゆい。早く全部思い出してしまいたいのに。

でも……思い出したら、リヒトに会えなくなる。クウヤやユズキにも……。

みんなと一緒に過ごす時間が長くなればなるほど、離れがたくなってくる。彼らはほんの少しでもそう思わないのだろうか。

養父母の許(もと)にいるはずの自分の現状はまだ判らない。養父母に愛されて、とても楽しく暮らしていたのかもしれない。だから、記憶が戻ったら、すぐにでも戻りたくなるかも……。

ポジティブに考えようとしたが、本心ではやはり帰りたくないと思ってしまう。

ユズキと目が合う。

魂が肉体に戻ったとしても、ユズキみたいな形でリヒトのために働けるはずだ。

今日は……あんな怖い悪霊相手でもなんとか役に立てた。

でも、あれは霊体だからできたことで、肉体を持つ人間だったら足手まといになっていただろう。それが判っていて、この仕事を続けたいなんて言えない。

昔ユズキと交わした約束――いい子でいる――は、今もミランを縛っていた。

リヒトはミランの肩にそっと触れた。

「今日のところは疲れただろう。少し休んだほうがいい」

彼の言葉が聞こえた途端、ミランは住宅街から冥界に移動していた。場所は屋敷内の広場だ。

「まだ仕事があるんじゃないの？　今日もわたしだけ……」

「今日はずいぶん活躍したとクウヤに聞いた。もう十分だ」

『ずいぶん』ではなく『少し』なのだが、リヒトが頑張りを認めてくれて嬉しい。頰を染めてうつむいた。

庭木が植えられている場所には灯籠がともされている。明るいから、赤くなった顔を見られてしまうかもしれない。

「褒美に、いいものを見せてやろう」

リヒトはいつもより優しげに微笑むと、ミランを門の外へと誘導する。

相変わらず足が速い。でも、笑いかけられて心が浮き立っていたから、あまり気にならなかった。

「こっちだ」

門の外は少し暗いが、まだ月明かりがある。見上げると、くっきりと光る月が出ている。満月に近い形で、綺麗すぎるくらい綺麗だ。

向かった先は最初に老女と出会った野原だった。もう老女の姿はない。きっと浄化されたのだろう。

そして、リヒトは野原の中央辺りで立ち止まり、口笛を吹いた。すると、かつてミランが抜けてきた森の中から白い小動物が十匹くらい駆け寄ってきた。

「可愛い！」

リスに似た動物で、彼にとてもよく懐いている。

彼は袂から布袋を取り出すと、その中に入っていた木の実を与えた。動物は小さな手で木の実を摑むと、口の中に押し込んでいく。

「おまえもやってみるか？」

草むらに座り込み、リヒトからもらった木の実を、すり寄ってきた子に手渡した。表情は判らないが、喜んでいるような気がする。ふさふさの尻尾がくねくねと動くのが、可愛くてたまらない。

木の実をもらいたいらしく、膝や肩へ乗ってくる。

これがリヒトのご褒美だなんて……！

彼なりに、ミランが喜ぶことを考えてくれたのが嬉しい。

「もしかして、わたしが小さいときもこうして遊んだ？」

記憶がないのではなく、幼いときの記憶だから少し曖昧だ。たくさんの白いふわふわの生き物と戯れたときのことをうっすら思い出した。

「ああ。幼いおまえは喜んでいた。……今もそうか？」

「もちろん！　ふわふわで、見た目も仕草も可愛くて……」

ミランは膝の上の子を少し撫でてみた。見た目どおりの手触りで、ミランは思わず笑い声を上げた。

「ねえ、この子達、なんていう動物なの？　リスに似てるけど」

「……名前はない。リスのようだから、もうリスと呼んでいいんじゃないか？」

「じゃあ、リスで」

リヒトも名前を知らないらしい。最初はアルビノのリスかと思ったが、こんなにたくさんいるものだろうか。

でも、体毛以外の見た目は完全にリスだから……。

『冥界のリスは白い』というのが一番正しいのかもしれない。よくも悪くも、冥界は人間界とは違うのだ。

ふと、ミランは女官との会話を思い出す。彼女達も名前はないと言っていた。

「リヒト……ちょっと質問なんだけどいい？」

「……おまえの記憶に関すること以外なら」

彼はいつもこういう突き放した言い方をする。だけど、心根が優しいと判っているから、今は傷つかない。

ミランは女官から聞いたことを話した。

「女官達に名前がないのはどうしてなの？　そもそも、あの人達は何者？　冥界人だと思ったんだけど違う？」

リヒトは少し考えてから、口を開く。

「冥界人なんていない。彼らは……人形というのが正しいかもしれない」

一体どういう意味なのだろう。さっぱり判らない。

「でも……ちゃんと会話もするし、動いているし」

「ロボットも会話して動くだろう？　人間のように話すし動く。見た目は人間そのもので、感情もあるように見えるが、実は魂が入っていない」

ミランは眉を寄せた。

人間は魂と肉体がセットになっている。女官達は肉体しかないということだろうか。

「どうして魂が入っていないの？」

「冥界が創られたときに、彼らは雑用をするために創られた。使役するだけの人形に、魂など必要ないということだな」

なんだか残酷な話だ。

使役するための人形に魂はいらない、なんて……。

「誰が冥界を創ったの？　リヒト？」

「いや、違う。……神が創った」

「神……神様？」

頭の中にいろんな神様が巡った。世界中の神様だ。

「世界中に神様はいるけど……」

「ミランの考える神とは違うだろう。神は自分と似た肉体に魂を入れ、人間を創り、人間が暮らす世界を創った。そして、肉体を脱ぎ捨てた魂を浄化するための冥界を創った。私はその管理を任されているだけに過ぎない」

「ふーん……」

とうてい理解が及ばないことを聞かされて、間抜けな声を漏らすしかなかった。

リヒトから聞くと、神話ではなく、もっとリアルな話のように聞こえた。

「じゃあ、リヒトが冥王になったときには、冥界はすでにできていたってこと？　お屋敷もあって、官人や女官もいて、白いリスもいて……」

リヒトは頷いた。

「そうだ。私は前任者の仕事を引き継いだ。ただ、人間界に居残っている魂を冥界に送ることにしたのは私だ」

「じゃあ、誰がリヒトを冥王にしたの？」

「それも神だ」

「それなら、神様に会ったことがあるの？」

人間も人間界も冥界も創造した神なら、きっと高位の神に違いない。会えたりするものだろうか。

「ああ。というか、私の半分は神だからな」

驚きのあまり、ぽかんと口を開けてしまう。

「え、えーと……人間のような、人間でないような曖昧な存在って、つまり……」

「そうだ。神である父と人間である母との間に生まれたハーフということだ」

「……！」

だから、どこか超然としているのだ。ただの人間でないのはすぐに判る。けれども、同時に、人間らしい心も確かに持っているのだ。

ああ、でも……。

「ごめんなさい。わたし……正直、神様が実在するって言われてもピンと来ないの。それなのに、リヒトのお父さんが神様だなんて……。疑っているわけじゃないけど」

彼は小さく頷いた。

「確かにそうだな。こんな話をしても理解してもらえないだろう。しかし、おまえがすべての記憶を取り戻すのもあと少しだろうから、話しておこうと思った」

わたしが記憶を取り戻すのもあと少し……ということは、もうすぐお別れということだ。

胸がズキンと痛む。

リヒトに素っ気なくされてもいいから、傍にいたい。時々見せてくれる優しさの欠片だけでいいから欲しい。ユズキやクウヤと一緒に仕事をしていたい。

心の中ではそう思っていても、言葉にはできなかった。

せめて今はリヒトと少しでも長く話していたい。

彼の視線が自分に向いている限り。

今だけ彼は対等に話をしてくれているから。

「じゃあ……神様のこと、リヒトが知っている範囲で、もうちょっと教えてくれる？」

「神のことか……。神はたくさんいるから、神々と言うべきか」

「神様はどこにいるの？」

「天界だな。ここは次元が違うところにいる。神々のいる高次元からは冥界や人間界がよく見える。しかし、人間界から冥界や天界は見えない。冥界からは人間界は見えるが、天界は見えない」

つまり、次元の高い順番に天界、冥界、人間界ということらしい。ただ、リヒトがミランに判るように説明しているだけで、世界が三つしかないというわけではないのかもしれない。

「わたしには人間界なんて見えないけど」

「それはミランがここの住人ではないからだ」

あっさりと片付けられて、わずかに唇を尖らせた。それを見てリヒトがクスッと笑う。彼が冥王だとか、半分は神だとか、どうでもよくなるような笑顔だ。その笑顔に見惚れてしまう。

いつもこんなふうに笑ってくれたらいいのに。

でも、たまに笑うからいいのかもしれない。いつも笑っているなんて、リヒトらしくないからだ。

そう。たまにでいい。優しい顔を見せてほしい。

わたしはそれだけでいいから。

リヒトは静かに話を続ける。

「神々は天界で人間界の監視や管理をしている。人間からすると、神はとてつもなく傲慢な存在だろうな」

そのとき、不意に女性の声が聞こえてきた。

「神は傲慢か」

上空から響いてきた声に、ミランは空を振り仰いだ。そこにはリヒトと同じく、銀髪の女性が浮かんでいる。その銀髪は顎の辺りで切りそろえられていて、軽やかに揺れていた。顔の彫りは深く、整っていた。瞳は深い緑だ。身体つきは細いが引き締まっていて、颯爽とした印象を受ける。

細い身体に古代ギリシャを思わせる白い薄布で膝丈の服をまとい、編み上げのサンダルを履いている。白い肌は真珠色に輝いていて、ミランはあまりの美しさにぼうっと見惚れてしまった。

空に浮かんでいても、この人は亡者なんかじゃない。人間でもない。絶対。

女性はそっと静かに降りてきた。笑みを浮かべていたが、柔和な雰囲気はない。その瞳は挑戦的だ。

「久しぶりだな、リヒト」

二人は知り合いらしい。リヒトはただ頷いた。眉をひそめているところを見ると、彼女に会えて嬉しいわけではないようだ。

彼女はミランに目を向け、さらに不敵な笑みを見せた。

「私はリヒトの姉のセラ。つまり、神だ」

姉というなら、リヒトと同じく、彼女もまた人間とのハーフなのだろうか。しかし、自分は神だと言い切っている。

姉弟だというのに、セラには特別なオーラがある。その存在だけで圧倒されてしまい、挨拶しなければと思うのに、口がきけなかった。

彼女はミランを凝視するなり、ふっと笑う。

「おまえはただの人間じゃないな。ユズキとかいう奴と同じ……」

リヒトが警戒するように、ミランを引き寄せた。

「ユズキの妹だ。だが、この娘は間違って冥界に迷い込んできただけで、ユズキとは違う。構うな」

リヒトを無視して、セラはなおもミランに視線を向け続ける。どうしてそんなに見つめてくるのだろう。居心地が悪かった。

「ほう……。そういうことか。面白い」

セラはニッと笑う。そして、足元にいたリスに目をやり、いきなり踏み潰そうとした。

「やめろ！」

リスを守ろうとリヒトが一歩踏み出すと、地面を蹴ったセラは軽々彼の上を飛び越し、ミランの肩を抱くようにして攫った。

「この娘は私がもらっていく」

彼女はミランに軽々と抱えて、宙に高く舞い上がった。

宙に浮いたのは初めてではない。だが、こんなに高く上がったことはない。恐ろしくてセラにしがみついてしまう。

月があまりにも近い。

地面は眩暈（めまい）がするほど遠かった。

セラは笑いながら、ミランを連れて空を飛んだ。飛び上がるのみならず飛行している。それもかなりの速さで。

嘘でしょ！

彼女はわたしをどこに連れていくつもりなの？

神の世界——天界？

でも、そんなところにわたしが行けるの？

リヒトが追いかけてくる。彼も空を飛べるのだ。セラはリヒトが追いつけないよう、さらに加速していく。まるでジェットコースターに乗っているみたいだ。高く上がったかと思うと急降下していく。

たとえ地面に落ちたとしても、肉体を持たない自分は怪我（けが）をすることはないだろう。だが、それは人間界でのことだ。冥界ではどうなるのか判らない。

今にも振り落とされそうで、あまりにも恐ろしい。ただひたすら目を閉じてセラにしがみつき、彼女の楽しそうな笑い声を聞くしかできない。

「……！」

突然、セラはミランを抱えていた手を離した。それでもなんとかしがみついていたが、無慈悲にも振り払われる。

思わず目を開ければ、地面はまだはるか遠くにある。

心がさらなる恐怖に支配された途端、身体が落ちていく。地面に向かって。

嘘……！

どうにかしないと……。しかし焦るほど、身体が言うことを聞かない。

わたし、このまま落ちたらどうなるの？

どうしよう……。どうしたらいいの？

そのときだった。身体がふっと軽くなる。

リヒトが追いつき、ミランを摑まえてくれたのだ。

よかったと思うことすらできず、リヒトへ必死でしがみつく。もうあんな恐怖を味わいたくなかった。彼もまたしっかりと抱き締めてくれる。

「どうしてこんな真似をする？」

リヒトはセラに向かって怒鳴った。

こんなに感情を露わにする姿を初めて見た。ミランは大きく目を見開き、彼の怒りの表情を見つめる。

セラはリヒトの怒りなど意にも介さず、ニヤニヤと笑っている。

「ただの戯れだ。気にするな」

彼女は戯れで危険な真似をして、ミランを恐怖に陥れたことをなんとも思っていない。

だとすれば、やはり神は確かに傲慢な存在かもしれない。

いずれにしても、人間の感覚とは違いすぎる。

「もう二度と、こんなことはするな！」

リヒトの怒りは少しも解けていない。

セラは肩をすくめた。

「もっとも……私以外の神なら、戯れがいきすぎて、どうなるか判らないな」

「どういう意味だ？」

「さあな。自分が考えろ。それほどお気に入りなら、『神の息吹』でもなんでも与えてやればよい。そうすれば、ここまで無力ではないだろう」

『神の息吹』……とはなんだろう。盗み見たリヒトの横顔は強張っていた。

「……姉上はなんのために冥界に来た？」

彼はいきなり話を変えた。セラは形のいい唇を歪ませて笑う。

「父上からの伝言だ。魂のひとつやふたつ……いや、一万や二万、取り零したとしても構うな、だそうだ。それより浄化に力を注ぐように、と」

リヒトは溜息をついた。

「父上の言いそうなことだ。私は冥王としての権限を持っている。やりたいようにやらせてもらう」

「それなら本人に言うんだな。私は伝えただけだ」

セラは一方的に告げるなり、さらに高く舞い上がり、やがて見えなくなった。

無言でミランを抱いたまま、リヒトは着地した。もう当分、空は飛びたくない。

彼の手が離れてから、自分がいつまでもしがみついていたことに気がついた。顔が赤らむのを感じながら、ぱっと手を離す。

「あの……助けてくれて、ありがとう」

だが、彼は静かに首を横に振る。

「私の姉が悪い。礼を言う必要はない」

「でも、嬉しかったから……」

助けてくれなかったら、本当にどうなっていたのか判らない。

彼はまた深い溜息をついた。

「姉の言うとおり、他の神々はもっとたちが悪い。いつまでも、おまえをここに置いておくのは危険かもしれないな」

つまり……。

リヒトがミランを早く人間界へ帰そうとする理由が増えてしまった。

わたしはまだ帰りたくない……。

でも、きっと仕方がない。

帰らなくてはならないことは理解している。そして、彼が意地悪でそうしたいわけではないことも。それどころか優しさから言っている。

確かに、今みたいなことがあるなら、ここにいるのは本当に危険だから……。

判っていても、心は上手くコントロールできない。もっとここにいたい。もう少し傍にいたい。胸の内でそう叫んでいる。

だけど、この気持ちは通じていないだろう。彼は子供にも優しいし、構ってくれるのも特別なことではない。

まるで片想いみたいだ……。

いずれ離れなくてはならないと、最初から判っていたのに。

馬鹿みたい。

一人で舞い上がったり、落ち込んだり。夢を見たかと思えば、どん底に突き落とされる。神のごとき冥王リヒトにとっては、自分はしがない人間に過ぎない。

手を繋いだくらいで、何も起こりはしない。

ミランは小さな溜息をつく。

……それにしてもセラが言っていた『神の息吹』とはなんだろう。

訊きたかったが、今のリヒトは質問できる雰囲気ではなかった。セラが現れるまでは、少しは心を開いてくれたようだったのに。

今はまったくの無表情だ。瑠璃色の瞳が奇妙に光って見える。

「帰ろうか」

ぶっきらぼうにそう言って、彼はミランへ背中を向けた。

屋敷に帰ると、ユズキが戻ってきていた。

彼が兄だと判ってから、まだあまり話せていない。ミランは中庭で彼と話をすることにした。

月はまだ明るい。どこからか風が吹いてきて、虫の音も聞こえてくる。屋敷の方は静かだった。

「それで、もうずいぶん記憶が戻ってきたって感じか？」

「新しいお父さんとお母さんができて、施設を出ていくところまでの記憶はだいたい戻ったみたい。あのとき、ユズキが『いい子でいるんだよ』って言ってくれたことも覚えてる」

遠い目をしたユズキは乾いた笑いを洩らす。

「そんなことを言ったかな」

「言った……って思う。たぶん」

本人が覚えていないとなると自信がなくなる。しかし、妙に心に残っているから間違いないはずだ。

「ユズキはあれからどうしていたの？」

「施設で暮らしていたけど悪霊に取り憑かれて……。瀕死の状態のとき、リヒトと取引をしたっていうのは、前に話したよな？」

ミランは頷いた。他人でも心配だったの、兄がそんな目に遭ったのだと思うと、一層つらくなる。

「ユズキは霊が見えていたって……。前からそうだったの？」

思い出せる限り、そんな素振りを見せたことはなかったように思う。

「ミランがいなくなって少ししてからかな。一時的にでも冥界にいたことが原因で、当たり前みたいに霊が見えるようになった。そのせいでいらないことを喋って虐めに遭ったりしたよ」

それを聞いて、ミランの心は痛んだ。

施設において、より幼かったり、力のない女児は年上からの虐めのターゲットになりやすい。ミランも年上の男児に虐められていて、そのたびユズキは庇ってくれた。

自分はさんざん助けられてきたのに、いざユズキが虐められたとき、その場にいることすらできなかった。

わたしがいたところで、なんの助けにもならなかったかもしれないけど……。

「そんな顔するなよ」

ユズキはミランの頭をくしゃくしゃと撫でた。

「おまえに同情されるほどじゃないって。もう終わったことだ。今はこの仕事でほとんど冥界にいるし、人間だけど普通とは違う。オレのことなんて気にするな」

「だって……たった一人のお兄ちゃんなのに」

他に身寄りはない。養女になったから養父母はいるけれど、血の繋がりがある人間は兄だけだ。

母方の親戚とは施設に行った時点で没交渉で、父方の親戚など初めから付き合いがなかった。母が亡くなったときも、葬儀に現れたのは母方の親戚だけだった。

「ミランは早く元に戻って、人間としての一生を全うしろ。それだけがオレの願いなんだ」

そう言われてしまうと、何も言えなくなった。

できることなら、ずっと冥界にいたい。ユズキと一緒に仕事をして、リヒトの役に立ちたかった。

でも……やっぱり無理なのね。

我儘は言えない。

「あのね……さっきリヒトのお姉さんに会ったの」

「リヒトの姉？　セラって奴か？」

ユズキは狼狽したように言った。

「あいつ、何かおまえに言ったか？　オレのこと……」

「ううん。あ、でも、ユズキの妹だってすぐに判ったみたい。神様ってすごいよね。なんでも判るから」

「判り過ぎるから困るんだ。もしまたあいつに会うことがあったら、目立つ行動は取るなよ。目につかないようにすれば、相手の興味も引かないだろう」

とはいえ、すでに興味は引いてしまったようだ。彼女に抱えられて空を飛んだなんて言ったらどうなることか。ミランは黙っておくことにした。

「うん、判った。……でも、ひとつだけ教えて。『神の息吹』って何？」

リヒトに訊けなかったことを尋ねてみる。

だが、彼はスッと無表情になった。目つきがいつもと違う。

もしかして訊いてはいけなかったの？

「ごめんなさ……」

「いいんだ」

彼は途中で遮る。

「でも、ミランは知らなくていい」

これ以上、訊くなと言いたいのだろう。ミランはかすかに頷いた。

ユズキはミランの兄だが、冥王と取引をし、冥界で仕事をする特殊な人間だ。だから、今はもう、子供の頃のように気安い関係にはなれないのかもしれない。

きっと『神の息吹』というのは、仕事に関することで、みだりに部外者に知られてはいけないのだろう。

ああ、だけど……。

兄妹でも大事なことは教えられないと突っぱねられたみたいで、胸が苦しくて仕方ない。

ミランは当たり障りのなさそうな話に戻した。

「わたしだって冥界にいたのに、どうしてユズキだけ霊が見えるようになったんだろう。……あ、もしかして、わたしもいろいろ見えていたのかな？」

甦った記憶の中では霊は見えていなかった。思い出せていない部分で、何かあったのかもしれない。

だから、生きていながら冥界に迷い込んでしまったのかも……。

「いや、おまえは……」

ユズキはそう言いかけて、慌ててその言葉を打ち消した。

「ていうか、自力で思い出せよ。そうすれば元に戻れる。これから、おまえはいくらだって幸せになれるからな」

そんな言い方……。

まるでユズキが不幸みたい。悪霊に取り憑かれてつらかった時代ならともかく、今はそうではないはずだが、違うのだろうか。

「ユズキもこれからいくらでも幸せになれるよね？」

「……まあな」

そうは思っていないみたいな返事だ。せっかく再会しても、会話がすれ違うし、上手く続かなくてもどかしい。

離れ離れになってから、もう何年も経つ。その間に二人はそれぞれの人生を歩んでいるし、今のミランは完全な記憶がないのだ。すれ違うのは仕方ないのかもしれない。

すごく悲しいけれど……。

ミランの記憶が戻れば、二人はまた別れることになる。生きている間はきっともう会えない。話ができるのは今だけなのに、ユズキはそれで構わないのだろうか。

わたしは……。

淋しい。すごくすごく淋しい。

「泣くなよ……」

「泣いてないよ」

せっかくユズキと話す機会ができたのだから、悲しい思い出にしたくない。笑って別れるなんてできるかどうか判らない。けれど、できるだけ穏やかにその日を迎えたい。

ユズキは月を振り仰いだ。彼が瞬きをするのを見て、ミランも月へ目を向ける。顔を上げていないと涙が零れてしまいそうだ。

「ミラン……」

リヒトの声に、二人は振り返る。彼の銀に輝く髪や長羽織の裾が風になびいていた。

彼を見るだけで、胸がキュンと締めつけられる。

ここにいたい。

だけど、わたしは……。

わたしはただの人間。

記憶が戻れば、人間界にある肉体へ帰る。そうして、人間としての人生を歩み、ここへ再び来る頃にはおばあちゃんになっているかもしれない。

リヒトはそのときも今と同じに美しいままなのだろうか。

きっとそうだ。

彼は半分、神の血を引いているのだから。

瑠璃色の瞳は時として冷ややかに見える。その眼差しを向けながら、彼はミランに告げた。

「明日は大事な仕事がある。部屋に戻って休んでおくように」

嫌な予感が胸を締めつける。

だけど、拒否する権利はない。

ただそっと頷くことしかできなかった。

＊＊＊

リヒトは一人で夜風に当たりながら河原を歩いた。

月明かりの夜だから、河原に佇む人達がいる。冥界にとって、夜は休む時間とは限らない。肉体を持たない人間達は、睡眠を必要とはしないのだ。ただ、習慣的に眠るだけだ。そして、朝日が昇るのを待つ。

新しい一日が始まり、おのおのが好きなように過ごす。その毎日の繰り返しで、魂は浄化されていく。

ふと孤独を覚えた。

冥界にたくさんの亡者がいても、自分とは違う。自分と同じ存在などいないのだ。

半分は神で、半分は人間。ゆえに人間とも神とも言えない。曖昧な存在。それがリヒトだ。

しかも、ここでは冥王という役割を担っている。

雑用をこなす者達は人間ですらない。魂もなく、指示をこなすだけの人形だ。ユズキやクウヤは特殊な存在ではあるが、それでも自分とは違う。元々は生者だ。

リヒトには行き場がない。人間界は人間が住む所で、天界は神が住まう所。どちらでもない自分は、人間界や天界には居場所がないのだ。冥界も亡者の居場所であり、やはりリヒトの居場所にはならない。

今更、どうしてこんなことを考えてしまうのだろう。ミランが冥界にいることの危険性をセラに指摘されたからだろうか。

彼女をできるだけ早く人間界に帰さなくてはならない。

天界の神々はミランを見つけたら、玩具にするだろう。

何故なら……自分が彼女に心を惹かれているから。

そんな気持ちを認めるつもりはなかった。自分自身にすら隠し通すつもりでいた。しかし、セラはリヒトの本心をすぐに見抜いた。

だから、ミランを攫うような真似をしたのだ。反応を見るのが楽しかったのだろう。

神は人間と交わることがある。実際、リヒトは人間の母から生まれた。しかし、父神は母に心を奪われていたわけではない。

ただの戯れ。それに尽きる。

彼らにとって大事なのは、義務と戯れだけだ。

愛など必要としていないし、理解もできない。愛を必要としているのは人間だけだ。

もちろん……ミランに感じているのが愛だというわけではない。そもそも彼女に寄せる感情がなんなのか、自分でも判然としない。

彼女を守りたい。慈しみたい。優しくしたい。

幼いときのように、屈託もなく笑うところが見たい。

そう……。それだけだ。

けれども、神の世界ではその感情こそが異端なのだ。だからこそ、神はリヒトの感情を揺さぶることを娯楽とみなすだろう。

それが……ミランにとって危険であっても、彼らは構わないのだ。

彼らに慈悲はない。いや、慈悲はあるが、人間の考えるような慈悲ではない。

冥界において、彼女を守る方法はひとつだけ。

いや、できればその方法は取りたくない。人間界に戻すつもりだからだ。彼女には人間として幸せな一生を送ってもらう。

本当は傍に置いておきたいけれど……。

何度も考える。

彼女が冥界で生きる可能性について。

しかし、何度もその考えを否定する。

守りたいなら、彼女を人間界にすぐにでも帰すべきなのだ。

そのためなら、私は……。

この感情を封印する。

幼いミランの笑顔がふと脳裏に浮かんだ。

『リヒト……大好き！』

そんな声が頭に響く。

リヒトは虚しさを覚えつつ、美しく光る月を見上げた。

五章　すべての記憶が戻るとき

翌日の午後、ミランはリヒトに連れられて人間界へ向かった。クウヤとユズキも一緒だ。リヒトから『大事な仕事がある』と言われていたので、朝から緊張していた。

『大事な仕事』とはなんだろう。

何故だか胸騒ぎがする。今日が最後の仕事になってしまうかも……？

昨夜の、リヒトの決意に満ちた眼差し（まなざし）を見たからだろうか。ユズキとクウヤの様子がいつもと違うのも、彼らも同じく予感めいたものを覚えているせいなのか。

「ここ……」

連れていかれた先はどこかの学校の校門前だった。そこから見える風景に見覚えがある。

もしかして……わたしが通っていた高校？

昼休みらしく、校舎の方から騒がしい気配が伝わってくる。校庭に出てきた女子生徒は、ミランと同じ制服を着ていた。

やっぱり……！

大事な仕事といってミランを連れてきたということは、記憶を失くした原因はここにあるのかもしれない。

少しずつでいいと言ってくれたのに、やっぱり。

もしかして、セラが関係している……？

理由は判らないが、彼女と会ってからリヒトの様子は変わってしまった。

それにしても、この校舎……なんだかすごく嫌な気を感じる。

怖いことが待っている気がしてならない。もっとも記憶を取り戻すのが怖いからなのもある。

「行くぞ、ミラン」

ユズキに手首を掴(つか)まれ、引っ張られる。

そうよね。怖いなんて言ってられない。

ここで怖気(おじけ)づいていたら、軽蔑(けいべつ)されてしまうかもしれない。あまり役に立っていないけれど、ミランに与えられた仕事なのだ。

記憶が戻るかどうかは別として、仕事は最後まで精一杯やろう。

そうすれば、離れた場所で生きていても、少しはいい形で記憶に残れる。

嫌われることは何より怖いから。

どんな相手だろうと、どうしても嫌われたくない。

ミランはリヒト達と一緒に校舎の中へ足を踏み入れた。

どこを目指しているか判らないものの、四人でぞろぞろと階段を上っていく。

たくさんいる生徒達に自分達の姿は見えていないはずだが、なんだか不思議な気持ちになってくる。

教師と生徒しかいないはずの校内に、それぞれ普通の人間とは違う自分達が平気な顔で歩き回っているなんて、おかしなことだった。

ああ、でも……。

霊が数体見える。

灰色の靄がかかっていて、ちゃんとした人間の形をしていない。ぼんやりした輪郭のみのそれが縦横無尽に飛び交っている。

「ユズキ、あれって……」

「あれは浮遊霊だけど、死んでから長いこと経ちすぎて、人の形を保てなくなっているんだな」

「あんなのが学校をウロウロしてるなんて……危険すぎない？」

「まあ、あいつらは今のところ大丈夫だよ。学校という場所に執着があってふらふらしているだけだから」

ユズキはミランを引っ張っていた手を急に離し、振り向いてニッと笑う。

「一体だけ危険な奴がいるから気をつけて。そいつが今日のターゲットだから」

「……うん。判った」

それにしても、校内を移動していろんな景色を見ているにもかかわらず、記憶が戻る気配はない。

前をリヒトとクウヤが歩いていて、ミランはユズキと共に追っていく。すると、視界をかすめる男子生徒の霊に、ミランは立ち止まった。彼はほとんど黒い影と化し、じっと佇んだままこちらを睨(にら)んでいる。

目鼻立ちははっきりとは見えないのに、不思議と睨まれているのは判る。しかし、何故かリヒト達は目もくれずに通り過ぎていく。

えっ、どうして？

あれは見るからに悪霊だし、ターゲットでしょ？

「ねえ、あれ……」

ユズキに尋ねようとしたら、彼はすでに数歩先にいた。

あれが見えてないの？　それとも、見えないふりをしているの？

ミランは戸惑った。彼らと行動を共にするべきか、自分の勘を信じて黒い影をもう少し観察するべきなのか。

いずれにしろ、ミラン一人では悪霊に対処できない。

単独行動なんて……ダメよね？

数歩遅れてついていくものの、どうしても気にかかる。

少しだけ……観察してみよう。

だが、ミランが近づくなり、すっと遠ざかってしまう。かと思うと、近くにいたすらりと背の高い女子生徒の身体に融合するかのごとく入っていく。

もしかして……取り憑いたの？

けれど、この前のストーカー男とは違う。ストーカー男ははっきり一人の女性に執着していたが、黒い影は明らかに誰でもいいようだった。というのは、彼はさっきまで女子生徒のことなど見ていなかったからだ。ただし悪意は強いので、かえって厄介に思える。

悪霊に取り憑かれると、肉体の持ち主の魂が弾き飛ばされ、身体を乗っ取られることもあるという。

早くなんとかしなくちゃ！

リヒト達に助けを求めるべく、慌てて追いかけようとしたところで、不意に名前を呼ばれた。

「ミラン！　あんた、もう退院したの？」

どこかで聞いたことがあるような声……。

振り向けば、黒い影に取り憑かれた女子生徒が憎しみをたたえた眼差しで近づいてくる。

まさか……彼女にはわたしが見えているの？

一体どうして？

黒い影に取り憑かれた影響で、ミランの姿を認識できるのだろうか。

もしくは元々霊感があったのか……。

しかも、彼女はミランを知っているらしい。クラスメイトだったのだろうか。いずれにせよ、彼女の表情からすると、仲がよかったようには思えない。

彼女はメイクをし、髪も可愛く巻いている。キラキラしたおしゃれな雰囲気で、ミランとはまるでタイプが違う。だから、交流なんてなかったのではないだろうか。

見下すように笑う彼女はミランの目の前に立ち、ねっとりとした口調で話しかけてくる。

「なんかさあ、元気そうにしてるじゃない。意識ないって聞いてたから、当分学校には来ないって思ってた。どうせなら、ずーっと休んでればよかったのにねえ」

この口調と声、それからこの目つき。

やっぱり覚えがある。

脳裏にふっとある一場面が浮かんだ。

彼女が意地悪く微笑みながら詰め寄ってくるところだ。

『あんた、どこまでもいい子ちゃんなんだね。笑ってんじゃねーよ。ホント、むかつく。みんな仲良くってさ、馬鹿じゃないの？』

『なーに？　この汚いの。えー、こんなの大事にしてるんだ？』

『こんなもの、捨ててやる！』

『取り戻したかったら、自分で取ればいいじゃん。這いつくばって探せば見つかるかもよ』

彼女から投げつけられた言葉が次々に甦ってくる。

本当にあったことだ。想像なんかではない。

胸の奥にキリキリとした痛みが走ると同時、頭もズキズキと痛む。

失った記憶のすべてを思い出せそうな感覚がするのに、まだ何かが足りない。

彼女は間違いなくミランのことが嫌い。

わたしも彼女のことを……たぶん嫌い。意地悪ばかり言ってくる相手を好きでいられるはずもないから。

でも……ちょっと待って。昔は仲がよかったような……？

現在、自分と彼女がどうして嫌い合っているのか、その理由が知りたい。それが判れば他の記憶も戻るかもしれない。

単なる直感だけど……。

少しでも情報が欲しくて、彼女に話しかけてみる。

「わたしのこと嫌いなの？」

問いかけられた彼女は顔を歪め、吐き捨てた。

「嫌い。大嫌い。死ぬほど嫌い」

彼女と黒い影が引き合い、いっそう強い憎悪を生んでいる気がする。もしかしたら彼女はミランに対する負の感情のせいで、黒い影に取り憑かれたのかもしれない。

今は記憶を取り戻すより、黒い影を彼女から引き剝がし、冥界へ送るべきではないか。

でも、どのみち、わたしにはその方法が判らない。

振り返るも、リヒト達の姿は見えない。

「あたしを無視するな！」

荒々しい声が響き、ミランは再度視線を引き戻される。すると、別の女子生徒が不思議そうな顔で寄ってきた。

「ユア！　どうしたの？　一人で怒鳴ったりしてさあ」

そうだ。彼女の名はユア——由亜だ。

由亜は笑いながらミランを指差した。

「だって、こいつが久々に学校に来てるから」

「こいつって誰のこと？」

当然ながら友人には何も見えていない。戸惑うような友人の反応に、由亜も戸惑う。

「え……何言ってんの。ミランじゃん」

由亜の答えに、友人は顔を強張らせる。

「……誰もいないよ？　それに、ミランってまだ意識が戻ってないでしょ？」

さっきまでニヤニヤと笑っていた由亜は、一気に真っ青になり、顔を引き攣らせた。

「嘘……でしょ？　そんな冗談言うなんて、ひどいよ」

「冗談なんかじゃないって！　だって、一人で何喋ってんのかと思ったもん。……ねえ、由亜こそ揶揄ってるよね？　嘘だよね？」

友人はじわじわと由亜から遠ざかっていく。

信じられないと言わんばかりに凝視してくる由亜を、ミランは冷静に見つめ返した。

やがて由亜は弱々しい声をもらす。

「そんな目で見ないでよ。あれはあたしだけが悪いんじゃないし……」

助けを求めるかのように目を向けてくる由亜に、友人は首を急いで横に振った。

「あたしは違う。あんなことするの、本当は嫌だったんだから！」

そう言い捨てて、逃げ出してしまう。

「嘘……。まさか幽霊……？　そんなの信じない！」

強気に言いつつ、由亜は震えていた。

彼女の中で憎悪が恐怖に変わったせいなのか、黒い影がさっと離れていくのが見えた。

一瞬、黒い影を追いかけるべきかと思ったが、それはリヒト達に任せればいい。

リヒトがわたしをここに連れてきたのは、記憶を取り戻させるため……。

由亜こそが、ミランの魂が肉体を離れるきっかけを作ったのかもしれない。だとしたら、彼女ともっと話すべきだ。

そうよ。いつまでも、記憶を取り戻すのを怖がっているわけにはいかない。

「ねえ……」

ミランが話しかけようとしたそのとき、由亜は身を翻(ひるがえ)して逃げ出した。

「待って！」

霊体ゆえ宙に浮いて追いかけようとしたものの、これ以上怖がらせたら話をするどころではない。ミランはあえて走るようにして由亜を追いかけた。

彼女はひと気のない化学実験室に飛び込み、急いで教室の扉を閉めてしまう。

どうしようかと思ったが、こればかりは仕方ない。中へ入るために扉をすり抜けると、それを目撃した由亜は、案の定悲鳴を上げて座り込んだ。

「やだ。やだ……っ。来ないで！　来ないで！」

「……別に何もしないから。ちょっと話したいだけ。落ち着いて」

「ごめんなさい！　ごめんなさい！」

彼女はミランを幽霊だと恐れている。自分がした『何か』を恨みに思い、仕返しに来たと思っているのだ。

「ねえ。どうしてわたしのことがそんなに嫌いなの？」

彼女と自分の間にあったことについて、どうしても知りたかった。彼女がミランに『何か』したのは、こちらが先に何かをしたせいかもしれないのだ。

「お願い。教えてくれない？」

彼女は震えながらも口を開いた。

「お母さんが……いつもあんたの話ばかりするから……。テストが一番だったとか、何かで賞を取ったとか、リレーの選手に選ばれたとか……。小学校のときからずっとそうだった！　先生にも褒められるし、クラスメイトから頼りにされてて……欠点なんかなくて……」

話しているうちに感情が昂ったのか、憎々し気に顔を歪める。

「高校は離れられると思ったのに……。なんで家から一番近いって理由で、ここを選んだわけ？　もっといい学校行けばよかったじゃない！　同じクラスになって、また比べられて……もうたくさん！　あんたなんかいなくなればいいんだ！」

そう叫んだ後、由亜ははっとして再びブルブル震えだす。

「……でも、あんなことしなきゃよかった。……ほら、これ。返すから……許して」

スカートのポケットから取り出した何かを差し出された。

それは古ぼけたお守りだった。

これは……幼いときに、冥界でリヒトからもらったもの。大事なもの。どんなときでも心の拠り所にしてきたもの。

その途端、突如として記憶の波が押し寄せてきた。

頭の中ですべての記憶が一本に繋がっていく。

ミランはそっと目を閉じた。

本当の名前は……森里美蘭。

森里は養い親の苗字だ。もとの苗字は八坂だったが、養女となってからは使ったことがない。

幼いミランは冥界から戻っても、リヒトを忘れたことはなかった。冥界での経験はずっと心に残っている。

母に連れていかれた冥界は、自然豊かで美しい場所だった。

癒される川のせせらぎ。優しくも爽やかな風。

木漏れ日の中、鳥のさえずりが聞こえ、花畑には蝶が舞う。

大きな木の下に母が座り、ミランとユズキはその膝を枕にして寝転んだ。すると、母は髪を撫でてくれる。

『ミランは可愛いねえ。お母さんの宝物よ。ずっと一緒にここにいようねえ』

これでもう親戚からひどい扱いをされずに済む。ご飯はお腹いっぱい食べられるし、お風呂にも好きなだけ入れる。髪だって自由に洗っていい。柔らかい布団で眠れる。

綺麗な浴衣を着せてもらい、母と一緒にずっとここで楽しく暮らすのだ。そう思っていた。

しかし、そんなことはなく、死者である母はどこかに連れていかれてしまい、ミランはユズキと泣きながら抱き合って震えた。

そこにリヒトが現れ、二人を構ってくれた。表情のあまり変わらない彼が最初は怖かったが、次第にそうではないことが判ってきて……。

クウヤも同じだ。いきなり狼になったときは怖かった。でも、彼は固まる兄妹の前で寝そべって、こっちにおいでと尻尾をゆらゆらと振った。

ふさふさとした毛並みはとても気持ちよく、大きな犬みたいで、一緒に昼寝をするのが楽しかった。

リヒトは滅多に笑わなかったけれど、笑ったときの顔はとても優しかった。厳しく『帰れ』と言うのも、ミラン達のためだった。

彼はミラン達を森へ連れていき、白いリスを見せてくれた。花畑で花冠を作ってくれた。

そして……。

『これがおまえ達を守ってくれる』

最後にお守りをくれたのだ。

ミランとユズキ、二人共に。

だから、ミランはお守りをリヒトの代わりだと思っていた。

兄妹が人間界に戻って目覚めると、そこは病院だった。夢を通じて母に冥界へ連れていかれたので、肉体はいつまでも眠ったままだったようだ。

栄養状態や病院へ運び込まれたときの状態から、親戚は虐待を疑われ、兄妹は施設で暮らすことになった。親戚の家よりはましだったが、身体が小さく、すぐ泣いてしまうミランは、とある男児からの虐めのターゲットとなってしまった。

男児はミランの髪を引っ張ったり、文房具を隠したり、宿題をしたばかりのノートを破ったりしてきた。悪口もたくさん言われた。

そんなとき、ミランの泣き声を聞きつけたユズキが助けてくれた。自分だって小柄だったのに、年上で身体の大きな子に立ち向かっていった。

兄妹は強い絆で結ばれていたが、ミランに養女の話が持ち上がると、ユズキは受けたほうがいいと勧めてきた。

兄と離れたくなかった。でも、ユズキは自分にも養子の話があると言いだした。いずれにせよ、離れ離れになるのだと言う。

今にして思えば、それは、ミランを説得するための嘘だったかもしれない。

森里夫妻はとても優しくて、ミランを可愛がってくれる。だから、養女の話を受け入れることにした。

ユズキは別れ際に『新しいお父さんとお母さんに可愛がってもらえるように、いい子でいるんだよ』と言った。その目には、涙が溜まっていた。

それから、ミランは森里美蘭として生きてきた。

リヒトからもらったお守りを持って。

森里家での暮らしは、最初の二年はとてもよかった。二階建ての家には、ミランの部屋もあった。自分だけのベッドがあり、勉強机も本棚もある。クローゼットには可愛い服がたくさん入っていた。

ピンクのランドセル。キャラクターの絵が描かれているペンケース。鉛筆や消しゴムといった文房具も女の子らしいもので統一されている。

それらすべてが自分のものだなんて、とても信じられなかった。

両親を亡くし、施設で暮らしていた自分に両親ができて、綺麗な家で住めるようになったのだ。まるでシンデレラになったみたいだった。

新しい学校に通い始める頃には、自分は最初から森里家の子だったような気がしていた。

ユズキのことを思うと淋しかったが、彼も新しい家でミランのように何不自由なく暮らしているはずだ。

時々は、お守りを取り出し、リヒトのことを思い出す。リヒトもミランの幸せを望んでくれていた。

だから、これでいい……と。

森里夫妻はいろんな場所に遊びに連れていってくれた。一番楽しかったのは遊園地だ。水族館に動物園、映画館にも行った。欲しいものもいろいろ買ってくれた。おいしいものもたくさん食べさせてくれた。

養母はミランの長い髪を毎日編んでくれた。可愛い髪留めをつけてくれて、鏡で見るたびに嬉しかった。

わたしはなんて幸せなんだろう、と。

運動会にも応援に来てくれて、昼休みには手作り弁当を三人で食べた。大きなおにぎりを頬張る姿を可愛いと言われ、写真に撮られた。動画も撮られて、運動会の後は大画面のテレビで鑑賞した。

だけど……そんな幸せな日々は長く続かなかった。

きっかけは、子宝に恵まれなかった夫妻に、奇跡のように子供ができたことだった。

ミランが引き取られて二年後のことだった。

最初、養母のお腹に赤ちゃんがいると聞いたときは、お姉ちゃんになるのだと嬉しくなった。しかし、いざ生まれてみると、妹ばかりが可愛がられるようになった。

赤ちゃんだから……小さい子だから……。

みんなに守られて、可愛がられるのは当たり前だ。それは判っている。けれども、妹は夫妻の実子だから、なおさら可愛がられるのかもしれない。

自分はひねくれているのだろう。

でも、やっぱりわたしはよその子だ……。

だからこそ、ミランはユズキとの約束どおり、いい子でいるように努力してきた。テストはいい点を取れるように勉強していたし、あまり得意でない体育や工作、それから委員会、掃除当番までも全力で頑張った。ピアノと英会話の習い事も真面目に通った。

もちろん、友人にも先生にも好かれるよう、いつもニコニコしていたし、率先していろんなことを引き受けたりもした。

だから、先生に気に入られていたし、クラスメイトにも頼られていたと思う。成績表にもそう書かれていた。

でも……。

どんなに他人から評価されても、養父母の関心は妹に向いていた。何かにつけて妹が優先されるのは、もはや当然だった。

『ミランはお姉ちゃんだから我慢できるよね？』

実子であっても、上の子はそう言われるものだと知っている。けれども、実子ではないからこそ、突き放されたようで怖かった。

ミランは家の手伝いもした。養母は幼い妹の世話で忙しいから、できるだけ助けるようにしたのだ。

つらいときは、お守りをそっと握る。

そうすると、リヒトに守られているような気持ちになれた。冥界での時間を思い出し、リヒトの姿を思い浮かべる。

いい子でいれば……。

きっと、養父母はミランのことも気にかけてくれる。

本来は静かな性格なのに、明るく笑うようにもした。笑わない子より、好かれるはずだから。

妹の面倒も見た。家族の一員として認められたくて必死だった。妹を可愛がれば、たまには褒めてもらえる。

そのうち習い事はすべてやめた。やめさせられたわけではなく、自分からやめたのだ。もっと勉強や家事に当てたかったし、実子ではない自分のためにお金を使わせるのは申し訳なかったからだ。

家族で遊びに出かけるときも、勉強を口実に留守番を買って出るようになった。いつしか一緒にいても、自分は家族だと思えないようになっていたのだ。

傍にいればつらくなる。だったら、いっそ行かないほうがいい。

別に虐待されていたわけではない。ただ愛情が妹へ向けられるようになっただけ。

外では明るく優しい優等生を演じ、家では物分かりのいい娘を演じてきた。だから、ミランの評判はよかった。

そんな頃、養母が近所に住む由亜の母親と立ち話をしているのを聞いたことがある。

『ミランちゃんは数学のテスト、一人だけ満点だったたって……。知り合いのお母さんから聞いてビックリしちゃった！　すごいわね。由亜なんか全然ダメで……』

『ああ、そうだったの。知らなかった。ミランは何も言わないもんだから』

『ねえ。どこの塾に通わせてるの？　由亜にも行かせたいから教えて』

『塾は行かないって本人が言うから、行かせてないけど。それより、家で勉強するほうがはかどるって。部屋に閉じこもって一人で何かやってるみたいよ』

娘が褒められているのに、養母はどうでもいいふうだった。謙遜と受け止められたかもしれないが、単に関心がないだけなのはミランには判っていた。

ともかく、教育熱心な由亜の母親は自分の娘をミランと比較し続けたのだろう。

ミランはそれを知らなかった。だから、小学生のときには一緒に遊んでいた由亜が、いつの間にかミランを無視するようになった理由が判らなかった。

高校に入って同じクラスになってからは、彼女は友人達と一緒に嫌がらせをしてきた。

家から一番近い高校に進学したのは、養父母の考えではない。担任からは別の進学校を勧められたが、私立だったし通学時間も長くかかる。結局、いい子でいるべく、自分自身で決めたのだ。

とにかく、家族として認められたかったのだ。

だけど、その願いは叶わなかった。

でも、今更生き方を変えられない。ひたすらいい子でいるしかなかった。そのうち由亜の嫌がらせはエスカレートしていった。

ある日、ミランは体育の着替えで、お守りを落としてしまい、由亜に奪われてしまった。

何度も返してと訴えたが駄目だった。とうとう放課後になり、ミランは参ってしまった。

お守りがなければ、つらい日々を耐えられない。

焦ったミランは——そうとは知らず『絶対に言ってはいけない一言』を口にしてしまう。

『返してくれないなら、おばさんに言うから』

由亜の形相がたちまち変わった。まるで悪霊に取り憑かれたみたいに。

『こんなもの……捨ててやる！』

由亜は四階の廊下にある窓からお守りを投げ捨てた。

窓の下には中庭が広がり、植え込みや花壇がある。どこに落ちたかも判らないが、ミランは急いで階段を駆け下り、中庭へ出た。

しかし、いくら探しても見つからない。そうこうするうちに、辺りは暗くなり始める。これ以上遅くなったら、いつもやっている家事ができなくなる。できなくても誰も怒ったりしないのは判っているが、役割を失うのが怖い。

諦めて帰るしかなかった。

悲しいのと同時に腹が立つ。いい子のふりをしていても、心が波立たないわけではない。何故こんなことをされなければならないのだろう。

怒りを抱えながらの帰り道、交差点に差しかかり、信号が変わるのを待っていたミランは、突然背中に強い衝撃を受けた。そして、車道に飛び出し、車に撥ねられ……。

気がついたら、記憶を失くした状態で冥界にいたのだ。

リヒトに会いたかったから……。

その気持ちが自分を冥界へ行かせたのだろう。

あのとき、いっそ死んでしまいたいと思った。けれども、肉体は死んではいなかった。だから……魂だけリヒトの許へ行ったのだ。

ミランはすべてを思い出していた。

どこにも抜けはない。完全な記憶だ。

目の前には、お守りを差し出しながら震えている由亜がいる。彼女はまだ何かぶつぶつと喋っていた。

「帰り道にあんたが事故に遭ったって聞いて……すごく怖くなった。いつもと違う時間に帰ったせいで事故に遭ったんじゃないかって。それに……」

由亜はブルっと大きく身体を震わせる。

「も、もしかして……あたしのせいで……あんたが車に飛び込んだんだったら……」

ミランは由亜の言動の根幹にあるものをようやく理解した。

彼女は罪の意識をずっと抱えていたのだ。しかし元気そうな姿に安心するのと同時、怯えていた自分が馬鹿らしくなったのだろう。なのに、ミランが自分にしか見えないと気づき、いっそう強い恐怖を覚えているのだ。

あまりに哀れだった。元はと言えば、二人を比べた彼女の母親がいけないのに。

とはいえ、お守りを捨てられたのはショックだった。

「そのお守りは本当に大事な人からもらったものなの」

リヒトがいる冥界はむしろ天国のように美しかった。そこを去るときのことを思い出すと、胸が締めつけられる。

結局、亡者の母ともリヒトとも離れ、人間界に戻ってからもユズキと離れることになった。

もう……誰からも離れたくなかった。

だから……新しくできた家族にも、自分を認めてもらいたかった。

精一杯いい子でいられるように頑張ってきた。けれども、そのせいでこんな事態になってしまった。

ミランの努力はなんだったのだろう。

なんにもならないどころか、自分の首を絞めていたなんて。もしかしたら養父母にももっと本音でぶつかっていればよかったのかもしれない。

由亜は頭を下げて、お守りを両手で差し出した。

「ごめんなさい！　本当は捨てるつもりなんてなかったのに、どうしてあんなことをしたのか自分でも判らない。もしかして、あんたが見つけられなかったかもと思って、後で探したんだ。これで許して！」

リヒトがお守りを渡してくれたときのことが頭に浮かぶ。

彼は、肌身離さず大事にするようにと言った。

やっと戻ってくる……。

ミランは手を伸ばし、由亜からお守りを受け取ろうとした。が、手がすり抜けてしまう。

あ……わたし、まだ霊体だったんだ！

「ごめん……ミラン！　あんたやっぱり……」

「わたし、たぶんまだ死んでないから」

そう説明されても、納得はできないだろう。ふと由亜は目をしばたたかせる。

「やだ。……あんた、さっきより薄くなってる。なんか消えそう……」

「えっ、そうなの？」

慌てて自分の姿を確かめるも、変化はないように思える。前と同じだ。しかし、由亜は急にキョロキョロと辺りを見回し始めた。

本当に彼女の目には見えなくなってる……？

やはり黒い影が取り憑いたせいで一時的に見えていただけなのだろう。もう黒い影は離れたから影響がなくなり、徐々に見えなくなったのだ。

話しかけても、もう声も聞こえていないようだ。けれど、今のミランにはどうすることもできない。

そのとき、どこか遠くから悲鳴がかすかに聞こえてきた。叫び声もだ。

一体何⁉

そういえば、黒い影はどうなったのか。そして、リヒト達はどこにいるのか。ミランは本来の目的を思い出す。

ミランは由亜を置きざりに悲鳴が聞こえたほうへ飛んでいく。

同じ階だから場所はすぐに判った。特別教室棟から渡り廊下を渡った先にある教室だ。

教室の中では椅子(いす)を持って暴れている男子生徒がいた。由亜に取り憑いた黒い影が今度は彼に取り憑いている。

机や椅子、鞄(かばん)などが散乱して、窓ガラスまで割れていた。他の生徒はみんな廊下に逃げ出している。辺りは騒然としていて、野次馬も集まってきていた。

教室にはリヒト達も来ていた。ユズキは入ってきたミランをちらりと見ると、水晶のペンダントトップを握りしめた。

こんなにも人の多いところで仕事をするの？

だが、このままにはしておけない。

クウヤは人間の姿のまま暴れる男子に大股で近づき、彼が持っていた椅子を奪って放り投げた。そして、彼に取り憑く黒い影を力ずくで引き剝がそうとする。

その間も男子は暴れようともがくので、リヒトが後ろから押さえにかかる。

黒い影の影響で男子から霊体のミランは見えているはずだが、姿を消しているリヒト達のことは見えていないようだ。突然身体の自由を奪われた恐怖と混乱で、いっそう暴れているのだろう。

クウヤと攻防を繰り広げていた黒い影が、突然男子から離れた。しかし、水晶を持つユズキが睨みをきかせているので、うかつに動けないらしい。

「ミラン！　気をつけろ！」

男子を羽交い締めにしていたリヒトが鋭い声を上げる。

黒い影はミラン目がけて突っ込んできた。

教室にいるのは、黒い影と男子の他にミラン達だけだ。明らかに一番弱そうなミランを盾にして、教室から逃げようとしているのだ。

剝き出しの悪意に身体が動かない。不気味な声まで聞こえてくる。

『弱い奴はどうしたって虐められるんだ』

『俺だって虐められたんだから……俺が虐めてもいいはずだ』

『そうだ。もっと苦しめ！　もっとあがけ！』

ギュッと目を瞑るが――衝撃は訪れない。

「く……っ！」

はっと目を開けると、ミランを庇ったユズキが苦しげに身体を折り曲げ、床に崩れ落ちていた。

「ユズキ……！」

人間に取り憑くだけでなく、ユズキ達のようにリヒトから特別な力を与えられた人間にまで対抗できる悪霊の恐ろしさを、改めて思い知らされる。

黒い影の手が伸びてくると同時、ミランの身体は浮き上がった。宙に浮くリヒトに抱きかかえられていたのだ。

そして逃げようとする黒い影に、狼の姿になったクウヤが襲いかかる。今度こそクウヤの牙は黒い影を捉え、途端、身の毛もよだつような悲鳴が響いた。

なんとか立ち上がったユズキがすかさず水晶で光の空洞を作り、クウヤは黒い影をくわえて飛び込んでいった。

床にふわりと着地したリヒトが、ミランを降ろした。

「大丈夫だったか？」

ひどく近い距離で顔を覗き込まれて、ドキッとする。

彼は無事を確認しているに過ぎないのに、顔が赤らんでくる。

「え……と、大丈夫」

男子のほうを見ると、彼は床に倒れている。リヒトは肩をすくめた。

「あんまり暴れるから、気を失わせた」

「すごく怖かった。助けてくれてありがとう」

素直に礼を言うと、リヒトはじっと見つめてくる。まるでミランの心を見通そうとするかのように。

「……何か思い出したか？」

彼にはミランの変化が判ったのだろう。

記憶がすべて戻ったら、肉体へ戻って人間界へ帰らなくてはならない。つまり、リヒト達とはお別れだ。

記憶が戻ったと言わなければ、あともう少し一緒にいられるかも……。

そんな考えがちらりと浮かんだが、やはりそんな嘘はつけない。ついたところでリヒトが見破るだろうし、何よりこれ以上、彼らの仕事の邪魔はしたくない。

このところ記憶を取り戻させるため、ミランと関わりのある場所での仕事ばかりだったのだ。冥界に送るべきさ迷える魂はたくさんいるのだし、いつまでもミランに付き合わせるわけにはいかない。

「わたし……クラスメートに会って、全部思い出したの」

しっかり伝えようと思っていたのに、弱々しい声になってしまった。それを聞きつけたユズキが近づいてくる。

「全部って、完全に記憶を取り戻したってことか？」

「うん……」

ミラン達の様子に気づいたクウヤも、人間の姿に戻って近寄ってくる。

「どうかしたのか？」

「ミランが記憶を取り戻したってさ」

何故か沈んだ声でユズキは言った。

「よかったじゃないか」

確かにクウヤの言うとおりだ。

クウヤの言葉にも躊躇(ためら)いがちに彼は頷(うなず)く。

「とりあえず移動しようか」

「あの悪霊がターゲットだったのよね？　どうしてみんな無視して行ってしまったの？」

「おまえにすべて思い出してもらうためだ。一応、危険がないように見ていたからな」

男子が倒れたことで騒ぎは大きくなった。倒れた男子に気づき、教室へ入ろうとするクラスメート達を駆けつけた教師達が止め、自分達だけで中に入り、男子の様子を窺う。すでに意識を取り戻した彼は、自分のやったことを後悔しているようだった。

それを見てほっとする。

いくら心の中に憎悪を持っていたとしても、悪霊に取り憑かれなければ、暴れることはなかっただろう。これから叱責を受けたり、なんらかの処分を下されたりするのかと思うと可哀想になってくる。

そんなことを考えながら歩いていたら、ユズキに声をかけられた。

「もう、あいつのことは気にするな。おまえは優しすぎる」

「だって、いい子でいないと……」

すると、ユズキはがっくり肩を落とした。

「そっかー。オレのせいか」

覚えていない、なんて言っていたが、本当は覚えていたらしい。

「あんときはさ、おまえに幸せになってもらいたくて言ったんだ。まさか、新しい家でこんなふうになるなんて思いもしなかったんだよ」

ミランはギョッとした。彼はミランが居場所を見つけられずに苦しんでいるのを知っていたのだ。

「ユズキはわたしのこと知ってたの？」

「この仕事を始めてからだよ。いくら実子が生まれたからって、あんなに遠慮する必要ないだろ。あいつらも、それに乗っかってさ……」

「……」

「なあ、ミラン……。もう一切遠慮なんかするなよ」

「でも……」

結局ミランはよその子なのだ。実子と同じように振る舞っていたら、愛されないかもしれないと考えてしまうのは仕方ない。

「いくら頑張っても、望むものが返ってくるとは限らない。だからもう、あいつらの顔色を窺うな。誰かに認めてもらえなくてもいいじゃないか。自分で自分を認めればいいだけだ。やりたいことをやれ」

「そうね……」

つらいのは、いくら頑張っても振り向いてもらえないから。見返りを求めなければ、きっとつらくない。

でも……。

ずっと誰かの顔色を窺ってきたわたしに、今更そんな生き方ができるの？

何より、ずっと会いたかったリヒトのみならず、ユズキやクウヤとも再会し、たった数日だけれど共に過ごした。

直接リヒトに守ってもらえ、内に秘めた温もりと優しさを与えてもらえて——。

記憶を失って不安だったけれど、森里家での暮らしよりずっと自分らしくいられた。人間界に一人戻って、ユズキの言うように他人に遠慮しない生き方ができるだろうか。

先を歩いていたリヒトとクウヤが立ち止まる。四人はいつの間にか校舎の裏手まで来ていた。

昼休みももう終わりで、ここには誰もいない。

ああ……もう。

お別れが近づいている。

彼らはこれから冥界へ戻るだろう。でも、自分はきっと連れていってもらえない。すべてを思い出した今、肉体に戻らなくてはならないから。

ミランは泣きそうになるのを堪えて、戻った記憶について話し始めた。

「わたし……リヒトからもらったお守りを、クラスの子に捨てられちゃったの。探したけど、どうしても見つからなくて……。諦めて帰る途中に、急に何かに押されたように車道に飛び出して、車に撥ねられた」

リヒトは顔色も変えずに頷いた。当然、彼は最初からそれは判っていたに違いない。

「背中を押したのは、さっきの悪霊だ。おまえに取り憑いていたんだ。あいつは学校で虐められていたから、学校にいる者達すべてが憎くて仕方なかった。隙があれば、誰にでも取り憑いたはずだ」

あのときのミランも由亜に対して激しい怒りを抱いていたから、黒い影を呼び寄せてしまったのだろう。

「肉体に戻れば判るが、怪我自体は大したことはなかった」

「そうなんだ……。あのね、お守りは捨てた本人が拾っててくれたの。半分諦めていたけど、本当によかった」

お守りが戻るより、リヒトと一緒にいたい。でも、そんなことを言えば彼を困らせてしまう。十六歳の自分は幼かった頃のように泣いてすがるわけにはいかない。

いや、泣いてすがったところで、あのときもリヒトはミランを人間界に帰した。

胸の奥がズキズキと痛む。

離れたくない。

冥界にいたい。

みんなと……リヒトと一緒にいたい。

でも、それは無理だから、せめて伝えておきたい。

「つらかったとき、いつもお守りを握りしめていたの。わたし、リヒトがくれたお守りに何度も助けられた……」

あれだけが自分とリヒトの間を繋ぐものだったから。

リヒトは一瞬目を伏せた。が、すぐにまたミランを見つめてくる。

「あのお守りは……霊からおまえを守るためのものだ。生者なのに冥界にかかわると、霊が見えてしまったり、霊障を受けやすくなる。そうならないための念を込めていた」

だから、ミランはユズキのように霊が見えたりしなかったのだ。ユズキはお守りを失くしたのか、手放したのか。何か事情があったのだろう。

「結果的にお守りのせいで、おまえは再び冥界に来ることになってしまった」

さも残念そうな口ぶりだった。

わたしは再会できて嬉しかったけど、リヒトは違うのね。

リヒトは無理して笑うなと言った。けれども、やはり無理して笑うしかない。でなければ、惨めたらしく泣いてしまう。

理由こそ違えど、結局、養父母と同じだ。頑張ったところで望むものは返ってこない。わたしは人間で、彼は冥王だから。本来は、命を全うしたときにしか会えない人だから。

鼻の奥がツンと痛くなってくる。涙が出る前に、ミランはユズキへ顔を向けた。

大好きなお兄ちゃん……。

「また離れ離れになっちゃうね」

ユズキは切なそうに微笑んだ。彼が兄だという記憶を取り戻したときにあんな態度だったのは、再び来る別れを判っていたからだろう。

「元気でな」

今までもひそかにミランを見守ってくれていたユズキだから、これからもきっとそうしてくれるだろう。たとえミランには姿が見られなくても。

「ユズキも元気でいてね」

次にクウヤと向き合った。彼は寡黙で、あまり積極的に話しかけてくれなかったが、心は温かい。彼もまた何もかも判っていて、ミランに接してくれていたのだ。

「今までいろいろありがとう。ユズキのこと、これからもよろしく」

ミランの言葉に、クウヤは大きな声で笑った。

「ああ。任せてくれ」

「クウヤもミランも何言ってんだ！　オレはクウヤなんかの世話にならなくても、ちゃんとやれるんだからな！」

ユズキは怒ったように顔をしかめているが、本気でないことは判っている。

もちろん彼が立派に仕事をしているのは判っているが、妹としては、それでも心配なのだ。

最後にリヒトへ向き直る。

生きている限り、彼にはもう会えないのだろうか。

そう思うと、言いたいことはたくさんあるはずなのに、上手く言葉が出てこない。

「リヒトも……ありがとう。記憶を失くしたわたしを助けてくれて……」

「いや、当然のことをしたまでだ」

最後くらい、優しい言葉をかけてくれてもいいのに。

でも、その素っ気なさが愛しく思える。

わたし……ずっとリヒトが好きだったんだな。

今になって自覚する。

「死んだら、また会える？」

「ああ。会える」

いつもどおり言葉は素っ気ないけれど、いつになく眼差しが優しく見えるのは、ミランの思い込みだろうか。

でも、それでいい。

「さよなら……リヒト。ユズキ。クウヤ……」

ミランはそっと目を閉じた。

自分の身体がどこにあるのか、今はなんとなく判る。病院のベッドの上――戻りたくなくても、自分が戻るべき場所だ。

幼い頃リヒトが魂を肉体に戻すために、そう仕向けてくれた方法を思い出す。

ミランは取り戻した記憶を辿り始めた。

森里家で初めて迎える誕生日に、養母が見たこともないような可愛らしいケーキを作ってくれた。一緒にキッチンに立ったこともあった。ちょっとした手伝いをするだけで、大げさなくらいたくさん褒めてくれた。

養父がクリスマスの日にサンタの扮装で帰ってきたことがあった。大きな袋をかつぎ、そこから出した巨大なクマのぬいぐるみをプレゼントしてくれたのだ。サンタの正体は養父だと判っていたけれど、嬉しくて何度もお礼を言った。

初めて遊園地に連れていってくれた日、ミランは買ってもらったばかりの可愛いワンピースをソフトクリームで汚してしまった。泣きながら謝るミランの頭を撫で(な)て、そんなことで謝らなくていいと、二人して抱き締めてくれた。

そうだ……。

大切な思い出だってたくさんある。ただミランは妹の生まれた家に居場所が見つけられなかった。ユズキの言うとおり、遠慮(えんりょ)せずに本音を伝えていたら、きっと違った関係が築けたのかもしれない。

でも『理想の娘』を演じているからこそ保たれている家庭の平穏さを壊せないし、壊したくない。素の自分で愛されたかったが、もうどうしようもないのだ。

ああ……。

意識が遠のいていく。

誰かがミランの名を呼んでいる。

再び意識を取り戻すと、そこは病院だった。

六章　新たなる目覚め

ミランとの別れから、一ヵ月以上が過ぎた。

このところリヒトはずっとミランを気にしていた。彼女が記憶を失くす前も気にかけてはいたが、これほどまでに考えていたわけではない。

彼女は人間界へ戻ったのだ。強く生きていくことを願う。それだけだ。

何かあっても、もう手助けしてやれない。魂だけの彼女なら冥王(めいおう)が手を差し伸べてもおかしくないが、生者へ戻った彼女には干渉できない。

判っていながら、胸の奥がモヤモヤして、どうも落ち着かない。

屋敷の一室でユズキやクウヤと仕事の打ち合わせをしている今も集中できない。ユズキはミランの様子を見に行ったことがあるらしく、もの言いたげな素振りを見せるから、余計に気になって仕方がなかった。

「言いたいことがあるなら言えばいい」

とうとう我慢ができず、リヒトは言ってしまった。すると、ユズキは遠慮がちに口を開く。

「いや……その……ミランのことだけど」

「ミランがどうした？」

「もう退院したんだ。でも、こっちにいるときより元気がない」

「そうか……」

「その元気のなさも、なんていうか……おかしいんだよ」

兄であるユズキが言い張るほどだ。よほどおかしいのだろう。自分の目で確かめたくなってくる。

「なあ、リヒト。原因ってさ……」

ユズキが何を言わんとしているのか、リヒトには判った。

「ああ。ミランは恐らくお守りを身に着けていない」

授けたお守りを通して、彼女といつも繋がっていたが、今はそれがあまり感じられないのだ。

「なんで……！　由亜って奴からせっかく取り戻したのに！」

「おまえだって、人のことは言えないだろう」

リヒトはじろりとユズキを睨む。

ユズキはミランが森里家に引き取られてからほどなく、自らお守りを捨てていた。ずっと守ってきた妹と離れ離れになったことで自暴自棄になっていたのだろう。気持ちは判らなくもないが、厚意を無下にされたようで少し残念だ。

「昔のことに文句を言うなよ。でさ、なんとかならないの？」

ミランはもう人間界に戻ったのだからと割り切れない。彼女の身に危険が及ぶと判っているのに、放っておけるはずがない。

リヒトは以前、人は裏切るものだと考えていた。冥界へ来た死者はすでに未練を捨てているから、他者を傷つけることはしない。だが、生者は利己的に他者を傷つけたり、裏切ったりする。

けれど、ミランは違う。

彼女は切ないほどに養父母へ献身的だった。同じだけの愛を返されずとも、全力で愛していた。愛という見返りを求めての行動は利己的なのかもしれないが、自分から心の離れた養父母を許すのは、愛がなくてはできないことだ。

ミランと共に過ごし、彼女の心を知るにつれ、それを愛だと認められるようになった。

どんなに素っ気なく接しても、慕ってくれる。幼い頃とまったく変わらない。素直な愛情は子供ゆえのものだと思っていたのに。リヒトへ向けてくる眼差しも変わらない。

『リヒト……』

最初に会った頃から変わらず慕ってくれた彼女を守りたい。あの瞳を悲しみに曇らせたくない。

まして涙で濡らすなど……。

そんな思いを新たにしていると、クウヤが口を挟んできた。

「どうする？　なんなら代わりに会って話をしてきてやってもいいぞ」

リヒトは静かに首を横に振った。

念を込めたはずのお守りを、彼女はどうして持ち歩かないのだろう。お守りの効力は知っているのだから、何か理由があるはずだ。

二度も霊体になり、死者の世界へ来てしまったことは、想像以上の悪影響を彼女に与えているのだろう。もしかしたら霊と同調しやすくなっていて、お守りを身につけたくない心境に陥っているのかもしれない。

悪霊に取り憑かれ、瀕死状態にまで追い込まれていたユズキのことを思い出す。

ミランには人間としての幸せを摑んでもらいたい。しかし、今のままではいずれ大変なことになる。

それなら、いっそ……。

方法がひとつだけある。だが、それは最終手段だ。

リヒトにはまだ迷いがあった。

＊＊＊

人間界へ戻ったミランは、事故の後遺症もなく退院していた。

元々怪我(けが)はかすり傷程度だったため、ミランの意識が戻らない状態に、医師はかなり困惑したらしい。かすり傷も治り、念のための検査でも異状はなく、もう普通に生活している。

以前と同じように家では家事をして、学校で優等生として勉強に頑張っていた。ただ、元には戻らないものもある。

ミランが病院で意識を取り戻したとき、病院側は養父母に連絡をしたらしい。普通の親なら、意識が戻らないことを心配して、病院に通いつめたりするだろうに、二人ともミランの傍にはいなかった。

連絡を受けて来てくれたものの、残念ながら心は通い合わなかった。

幸せだった頃を思い出したミランは、養父母の心の奥には愛があると信じていたし、これからは本音をぶつけていこうと決めていた。

けれど、二人にはもはや家族としての愛情が残ってない。早くよくなってと言われたが、少しも心からの言葉に聞こえなかった。

昔ならそうは思わなかった。うわべだけの言葉でも一心にすがりつき、信じようとしていた。

だけど、今はどうしても信じられない。

冥界に二度も行ったせいなのか、それともリヒト達と再会したせいなのか、自分の中で何かが変わってしまっていた。

冥界にいたとき、記憶がないことの不安はあったけれど幸せだった。アクシデントはあったが、冥界は亡者（もうじゃ）が安らいで楽しく過ごせる天国みたいなところだった。

何より冥界にはリヒト達がいた。彼らにありのままの自分でいいと言われ、愛も知った。彼らは温かく、優しかった。

それに比べて、ここは……。

今のミランは人の言葉を信じられない。すべてが嘘に聞こえてしまう。

まるで茨（いばら）の中にいるようだった。生きていくのに傷つかずにはいられない。苦しみしかないように思える。

結局、ずっと前から自分には家族などいなかったのだ。今まで認めていなかっただけで。

努力しても得られないものがあることは、本当は知っている。けれども、信じたくなかった。努力すれば絶対に願いは叶うはず……と夢見ていたのだ。

わたしはただ温かい家庭が欲しかっただけ。

愛してくれる家族が欲しかった。

ただそれだけなのに。

リヒト達と離れ、偽りの家族の許(もと)へ戻ったミランは、以前と同じ生活をしている。入院中にお守りを返しにきた由亜とは和解したので、もう虐(いじ)められることはないが、他は同じだ。家では明るく振る舞ういい子で、学校では優等生を演じる。

ただ表面上は同じでも、冥界へ行く前の自分とはまるで違う。

この人間界が、今や異世界になったみたいに感じられるのだ。慣れ親しんだはずの日常に何故か適応できない。

戸惑いつつも、ミランにはどうすることもできなかった。

しかも、新たな試練が加わった。最近、霊が見えるようになってきたのだ。

お守りを仕舞い込んでいるから……。

幼い頃にもらったお守りはずっと宝物だった。心が傷ついたとき、あれを見るだけで慰められた。けれども、今はリヒトを思い出してつらい。

だって、会いたくなるから。淋しくてたまらなくなるから。

だが、死を迎えるその日まで冥界へは行けないのだ。リヒトとの思い出が甦ってきてしまうから、どうしても持ち歩けなかった。

本当は……今すぐ冥界へ戻りたい。彼に会いたい。傍にいたい。

しかし、その思いは封印するしかない。

孤独に苛まれた陰鬱な心が呼び寄せたのか、現れる霊が増えてきた。霊が見えても、今の自分には何もできない。視線を逸らして、通り過ぎるだけだった。

次第に、ミランは笑うこともなくなってきていた。

その日は朝から雨が降っていた。

それだけでも憂鬱だったが、湿気は霊を呼び寄せるらしい。いつも以上に数多く見える霊達の姿に、鬱屈した気分で授業を受けた。しかし、放課後になっても雨はシトシトと降り続いている。

はあ……。

まだ日は落ちていないのに薄暗くて嫌だ。

傘をさしながら帰り道を歩いていたミランは、ふと足を止める。気づくと知らない場所にいた。

ここ……どこ？

こんなところ、学校の近くにあった？

廃工場らしくシャッターは閉まっていて人もいない。敷地内にガラクタみたいな廃材や錆びた重機も放置されたままだ。辺りにもひと気はなく淋しげな雰囲気だ。

どうしてこんなところに来てしまったのか。まるで誰かに操られているみたいだ。

そんなことを考えて、ギクリとした。

まさか、わたし……霊に取り憑かれている？

ミランの心に憎しみや怒りはない。ただ、悲しみや虚しさが胸を占めている。それが悪霊を引き寄せてしまったのかもしれない。

とにかく、ここから離れなくては。

けれど足が急に動かなくなる。なんとか動こうとするものの、気持ちが焦るばかりで、どうにもならない。

物音がして振り向くと、ガラクタの奥から不気味にニヤニヤ笑う男が現れた。二十代後半くらいで、フードのついた黒いジャージの上下を身に着けている。ギョッとしたそのとき、彼は後ろに隠していた折り畳(たた)みのナイフを向けてきた。

助けを呼ぼうとしたが、恐怖に喉(のど)が引きつれる。

普通の人間はナイフを人に向けたりしない。犯罪者か、あるいは人を害することで快感を覚える変質者か。

ふと、最近ちまたを騒がせている通り魔事件のニュースを思い出した。あれは悪霊の仕(し)業(わざ)で、もしかしたら他の被害者達もこうやって誘導されてしまったのかもしれない。

どうしよう……。逃げなきゃ！

リヒト……助けて！

手から傘が滑り落ちた。制服の胸ポケットを探るも、そこにはお守りは入っていない。

ああ……もう彼には頼れないのだ。助けになんか来ない。

ナイフを振りかざした男はニタニタ笑いながら、少しずつミランに近づいてきた。どうしても足が動かず、絶望感に囚われる。

わたし、ここで死ぬのかもしれない。

でも……死んだらリヒトに会える。

そうだ。死ぬのも悪くない。このまま生きていてもつらいだけだ。死んでしまって、冥界へ行こう。

リヒトは怒るかもしれないけれど。

ユズキもクウヤも……。

怒って……それから悲しんでくれる。

ミランは人間界に未練がないから、すぐに冥界へ行けるだろう。けれど、魂はいずれ浄化される。つまり、すべてを捨てて生まれ変わり、ミランでなくなることだ。

それでもいい。もう一度、また彼らに会える。リヒトに会える。

ミランは目を閉じ、リヒトの顔を思い浮かべた。

微笑(ほほえ)みかけてくれたときの顔を。

雨音が耳の中で響く。近づく男の足音も響く。

そのときだった。聞きたくてたまらなかった声が背後から聞こえてきた。

「愚かな真似(まね)を……。ミランらしくないな」

リヒト……？

あまりに都合がよすぎる。幻聴ではないだろうか。

怖くて振り向けない。

でも、本当にリヒトだったら……。

閉じたままの目をうっすら開けると、ミランを庇うように誰かがすっと立ちはだかった。

その背中はまさしくリヒトのものだった。

「クウヤ！　ユズキ！」

リヒトの声に呼応し、クウヤは獣の姿で男に襲いかかった。動揺した男はナイフを取り落とし、尻餅をつく。叫び声を上げながら、這いずって逃げようとするが、クウヤに追いつめられ気を失った。

人の形をした黒い影がミランからすっと離れ、宙を飛んでいくと、急に身体が軽くなる。ここしばらくの不調はやはり悪霊のせいだったのだ。ほっとしたが、このままだと悪霊が逃げてしまう。

跳躍したリヒトは悪霊に手を伸ばした。腕をぐいと摑むと、相手は動けなくなる。その隙にクウヤが嚙みついた。

ユズキは水晶で五芒星を描く。光の空洞ができ上がり、クウヤは悪霊をくわえて飛び込んだ。

「ミラン、大丈夫か？」

リヒトは振り返り、こちらへ近づいてくる。

生きている間は二度と会えないと思っていたのに……。

またみんなに会えた。リヒトに守ってもらえた。

たまらずリヒトにしがみつく。涙が溢(あふ)れて声にならない。それでも必死に振り絞(しぼ)る。

「会いたかった……！」

ずっとずっと。

もう二度と頼ってはいけない、死ぬまで会えないと思っていた。それでも本当は会いたくて、助けてほしくてたまらなかった。

彼らは仕事のために来ただけかもしれない。たまたまターゲットがミランに憑いた霊だったのだろう。でも偶然であっても嬉しい。

「ありがとう……。偶然でも嬉しい……」

「違う。おまえのために来たんだ」

「……っ！」

本当に……？

リヒトの手がミランの髪を撫(な)でる。

夢が叶った。嬉しい。

そして、ミランの心には希望が生まれた。

もしかしたら……。

わたしの本当の願いも叶えてくれるかもしれない。

今なら――彼の厳しい眼差しが見えない今なら言える。

「わたしを連れていって……」

そこは、すでに見知った冥界の花畑だった。

薄曇りの空の下、矢車菊が咲いている。

今ここにはリヒトとミランしか二人しかいない。彼は和装に戻っていた。

いつもと違い、身体が妙に重く感じられる。何故だか息をするたび胸が苦しい。

「わたし……また冥界に来られたの……？」

すると、リヒトは真剣な眼差しでミランに向き直った。

「今のおまえは肉体ごと来ているから、長くはいられない。これからする質問に速やかに答えろ」

ミランは彼の目を見つめ返しながら、コクンと頷いた。こんなにも苦しいのは、肉体を持ちながら来ているせいなのだ。

「普通の人間として一生を全うしたいか？　それとも……ここで生きるか？」

考えるまでもない。

涙が溢れ出て、彼の顔がよく見えなかった。

「ここで生きたい」

「人間としての幸せをすべて捨てることになる。これから楽しいこともあるだろう。学校を出て、仕事をして、恋愛や結婚をして、子を産んで……」

養父母と本音でぶつかって新しい関係を築いて――。そういう未来も確かにあるのかもしれない。でも、ミランの欲する未来は違う。

「何もいらない。ただ、ここに……」

どんなものを捨てても、あなたの傍にいる。リヒトさえいれば、生きていけるから。だから……。

わたしを冥界の住人にして。

リヒトの顔が近づいてくるから、思わずギュっと目を閉じた。

次の瞬間、何か柔らかいものが額に押しつけられる。唇だ。すると、そこからミランの中へ、何か異質なものが吹き込まれてくる。

……これは……？

きっと冥王の力。
彼の力が身体の隅々にまで入り込み、細胞までをも変えていく。
わたしは人間でありながら、人間ではないものになろうとしている。
でも……いいの。これでいいの。
わたしはそうして生きることを選択したんだから。
今――リヒトが自分の中でひとつに溶け合い、混じり合った気がした。
身体ではなく、心が温かいものに包まれている。
なんて幸せなの……。
喜びが胸に溢れてくる。
リヒト……。
ミランは彼に向かって手を差し伸べ――そのまま意識を失った。

＊＊＊

リヒトは後ろへ倒れかかったミランの身体を抱きとめ、花畑に優しく横たわらせる。
彼女はしばらく眠るだろう。そして、次に目覚めたら……。

これでよかったのかどうか、実は自信がない。

傍らに跪いた。彼女の手を取り、両手で包むと、生きた人間の体温が伝わってきて、胸に後悔が押し寄せてくる。

リヒトは彼女に『神の息吹』を与えた。

それは――神の力の一部のことだ。

これを与えられた人間は、姿かたちは人であっても、もはや人とは違う生き物になってしまう。人ではあり得ない能力を持つことになり、神に近い存在となる。クウヤやユズキが肉体を持ちながら冥界で暮らしたり、冥界と人間界を行き来し、仕事に必要な能力を持っているのもそのためだ。

不老不死ではないが、寿命はかなり長くなり、老化も遅くなる。人間界ではどこかに隠れ住む以外、まともに生きられない。

何より重要なのは――力を与えられた者は、その神の眷属となることだ。

神の眷属に、他の神は手を出さない。ミランを冥界で安全に過ごさせるには、この方法しかない。

できることなら、彼女を人ではないものにしたくなかった。まして自分の眷属になどと。

ミランに人間としての幸せを経験してもらいたかった。人生を全うさせたかった。

だが、人間界に置いておくのは限界だった。放っておけば何度も危険な目に遭うだろう。冥界に二度も関わったせいで、霊を引き寄せやすくなっている上に、お守りを持ち歩いていない。かてて加えて、彼女の淋しい心が悪霊を呼び寄せてしまう。

助けられるうちに助けなければ、きっと後悔する。

今日、ミランが悪霊に取り憑かれたと知り、リヒトはすぐさまクウヤ達と駆けつけた。

そして……。

『わたしを連れていって』

リヒトはずっと人間を信じられずにいたが、ミランのけなげさは信じられる。

『ここで生きたい』

本当は……もう判っていたのだ。

リヒトはお守りを通して彼女の心とずっと繋がっていた。

彼女はどんなつらいときでも、リヒトを一途に慕い続けてくれた。ならば、もう手放しはすまい。

「リヒト……ミランは？」

ユズキとクウヤが花畑に現れた。

ユズキはリヒトとは反対側に跪き、眠るミランの顔を見つめる。

「できれば、ミランはオレのようになってほしくなかった……」

それが兄としての願いだ。しかし、ユズキもこの方法しかないのだと理解してくれている。クウヤは何も言わなかった。ただ黙って、少し離れたところでこちらを見守るだけだった。

「どれくらいで意識は戻るんだ？」

「しばらくかかるが、私が傍にいる。心配ない」

「オレもいる。途中で交替するから」

「いや……。私がここにいる」

断固として口調で言い張ると、ユズキはもう何も言わなかった。

兄としてミランが気にかかるのは判る。しかし、リヒトも彼女とはもはや他人ではない。

もちろん、今まで何人もの人間に『神の息吹』を与え、眷属にしてきた。

だが、今回は……違う。

力を与えていたとき、心の深いところにあるものが、自然と彼女へ流れ込んでいった。

彼女を守りたいという自分の気持ちと、自分を慕う彼女の気持ちがひとつになったのだ。

リヒトは今まで孤独だった。冥王はただ一人で、誰にも理解されない。人間でもなく、神でもない半端な存在で、どこにも属するところはなかった。

けれども、もう孤独ではない。

ミランはリヒトにとって、最も近い存在になった。

だから……彼女を一人にはしない。

手を離したリヒトは長羽織(ながばおり)を脱ぐと、それで彼女の身体(からだ)を包んだ。

「こうしてると、眠り姫みたいだな」

クウヤが呟(つぶや)いた。ユズキがそれに応える。

「オレ達、七人のコビト？　三人しかいないけどさ」

「馬鹿。それは白雪姫だろ」

「どちらにしたって、王子様にキスなんかさせねーよ。リヒト、やっぱりオレもここにいるからな」

「では俺も」

リヒトは肩をすくめた。

「勝手にするがいい」

こうしている間にもミランの細胞は変化しているはず。

眠り姫……か。

目を覚ましたときには、彼女はどんな顔をするのだろう。

リヒトは再びミランの手をそっと握った。

＊＊＊

『ミラン……』

いつになくリヒトが柔らかく微笑(ほほえ)んでいる。

きっとこれは夢だ。だって、現実ではこんな顔を見せてくれないから。

でも、いいの。たとえ夢でも。

リヒトが笑いかけてくれるなら、それだけで幸せだ。

だが、不意に誰かの温もりがミランの手に触れる。

誰……？　誰なの？

ミランは重い瞼(まぶた)を開けた。

頭がぼんやりする。目もひどく霞んでいて、焦点が定まらない。

「目が覚めたか」

「ミラン……！　オレのこと判る？」

「眠り姫のお目覚めだな」

リヒト……。ユズキ……クウヤ。

彼らが傍にいてくれる。嬉しい。

ようやく焦点が合うと、すぐ傍でミランの手を握っているのはリヒトだった。リヒトの対面にはユズキがいて、その後ろから覗き込んでいるのはクウヤだ。

自分を心から心配してくれている人達がいる。それが何より幸せだ。

なんとか身体を起こそうとすると、リヒトが背中を支えてくれる。

「そっと動け。今までとは違うから」

確かに違う。呼吸のたびに胸は痛くならないし、身体の重苦しさもなくなっていた。それどころか妙に軽く感じた。

そして、身体の奥から力がどんどん湧いてくる。頭の中もスッキリし、感覚が異様に鋭敏になっている。単に視力や聴力がよくなったというのとは違う。通常とは違うものを感じているようだ。

冥界にあるすべてと自分が繋がっているみたいな感覚なのだ。

ああ、わたし……もう普通の人間じゃなくなったんだ。

あっけないものだ。けれども自ら望んだことだった。

「みんな……心配してくれてありがとう」

「いや、ただ傍にいただけだ」

ミランにはそれが何より嬉しかった。

「わたし……これから冥界にいていいの？」

そうだと思っているが、確認しておきたかった。

「ああ。肉体が変化したこと、自分で判るだろう？」

「……うん」

頭から爪先（つまさき）までまったく別のものに作り替えられたみたいで、まだ慣れない。身体が自分のものでない気がするのだ。

ユズキが声をかけてくる。

「ミランはオレ達と同じになったんだよ」

「わたしにも仕事のための能力がついたってこと？」

クウヤが頷（うなず）く。

「リヒトの力を分けてもらったんだ。『神の息吹』ってやつだな」

あれが『神の息吹』……！

「ミランには人間界で幸せになってもらいたかったんだけどな」

ユズキが溜息交じりに呟く。

「なんとか頑張ろうとしてたけど……ダメだったの」

「なんでお守りを身につけてなかったんだ？」

「だって……見るとつらくなるから。淋しくて……苦しくてどうしようもなかったの。わたしはあそこで独りぼっちだったから」

周りに人がいて、笑いながら会話をしていても、心は耐えられないくらい孤独だった。

「そっか。そうだよな。オレもリヒトに会うまでそうだったし」

ユズキも同じような思いをしてきたのだ。

「ミラン。……これからオレとたくさん仕事しような」

「うん。ユズキとはもっと話したいし」

再会してからゆっくり話す暇もなかった。そもそも、彼は自分のことをほとんど話さなかった。でも、これからはつらい過去も、現在も未来も共有できる。

「ミラン……俺もいるぞ」

「クウヤともまた一緒に仕事ができるね」

「いい子だ」

身体を屈めたクウヤに、頭をくしゃくしゃと撫でられる。

子供扱いされている気もするが、ミランとて狼の姿のクウヤは頭を撫でたくなるからお互い様だろう。

ミランはリヒトに支えられながら立ち上がった。

「まだ歩けないだろう？」

リヒトは言うなり、長羽織ごとミランを抱き上げる。思わずその首へしがみつくと、ユズキとクウヤがあっけに取られているのが見えた。

頰(ほお)が熱くなってしまうが、リヒトの腕に抱かれて嬉しくないはずがない。

クウヤがユズキにぼそっと呟いた。

「……俺のときは寝転がしたまま放置だったぞ。しかも、花畑じゃなくて河原だった」

「オレのときも同じ。歩けるようになったら屋敷に来いって言った。扱い、違いすぎじゃね？」

「ああ、全然違う」

リヒトは彼らのぼやきを無視し、ミランを抱いたまま歩いていく。

「どこに行くの？」

「屋敷だ」

「遠いのに。わたし重くない？」

「いや……。なんなら飛んでいくか？」

「あ、それは遠慮するけど……。重かったら、途中で降ろしてね」

セラの件がなければ、お姫様抱っこで空を飛ぶなんてロマンティックと思ったかもしれない。

でも、わたしはこれで十分。

というか、できすぎなくらい。

これからはずっと一緒だなんて……。

ミランはリヒトの腕の中で幸せを嚙みしめていた。

終章

もう夜中だ。

リヒトは障子を開けて空を見上げた。白く輝く三日月が空にあり、いつもながら冥界の夜は明るい。

今夜は眠れない。

元々眠る必要はないのだが、ミランが目覚めたときの興奮がまだ冷めていなかった。

神の息吹を与えて目覚めなかった者はいないのだが、ミランは二度も魂が肉体から抜け出ていたから、少し心配でもあったのだ。

どこが変わったのか、そしてどこが変わっていないのか、しっかり見極める必要がある。

だが、今のところはちゃんと変化しているようだ。

リヒトはミランを大切に屋敷まで運んできた。

これから、彼女はユズキやクウヤと仕事をする。本当なら、危険なことに何一つ関わらせたくない。しかし、彼女は誰かの役に立たなくてはと思うだろう。仕事に必要な能力を与えたリヒトが止めるわけにもいかない。

それにしても……。

昔、幼いミランと交わした約束を思い出して、リヒトは一人で微笑みを浮かべた。

『あたし、リヒトのお嫁さんになる』

どうしてそんなことを急に言い出したのか、リヒトには理解できなかった。幼い子供なら誰でも、突拍子もないことを言うものだろうか。

リヒトは彼女の頭を撫でながら、なるべく優しく言葉をかけた。

『おまえが私を信じ続けていられたら、そのときは妻にしよう』

ミランはニコッと大きな口を開けて笑う。

『うん。信じる。だから、約束よ』

それから、彼女は無邪気に首に抱きついてきた。

幼子の温もりは凍りついた心を溶かすには十分すぎるほどだった。そして、十六歳のミランは一層心を温かくする。

かつての自分は、人間は誰かを裏切ったり憎んだりする醜い存在だから、信じるに値しないと思っていた。

けれど、ミランのけなげでひたむきな思いは信じたい。
どこからか、かすかに子守歌が聞こえてくる。
ここは……幻想に満ちた世界。
冥界であり、リヒトはその冥界を統べる王。
けれども、全力でミランを守ることを自分に誓う。
ただ、それだけ。
それだけのこと――。
リヒトは静かに障子を閉めた。

※この作品はフィクションです。実在の人物・団体・事件などにはいっさい関係ありません。

集英社オレンジ文庫をお買い上げいただき、ありがとうございます。
ご意見・ご感想をお待ちしております。

●あて先
〒101-8050　東京都千代田区一ツ橋2-5-10
集英社オレンジ文庫編集部 気付
水島　忍先生

月下冥宮の祈り

冥王はわたしの守護者

集英社
オレンジ文庫

2023年5月23日　第1刷発行

著　者　水島　忍
発行者　今井孝昭
発行所　株式会社集英社
〒101-8050東京都千代田区一ツ橋2-5-10
電話【編集部】03-3230-6352
【読者係】03-3230-6080
【販売部】03-3230-6393（書店専用）
印刷所　株式会社美松堂／中央精版印刷株式会社

ISBN 978-4-08-680503-2 C0193

集英社オレンジ文庫

江本マシメサ

あやかし華族の妖狐令嬢、陰陽師と政略結婚する 3

行方不明だった瀬那の母親の目撃情報が入った。
同じ頃、帝都では妖狐の呪いが噂され…？　シリーズ完結！

日高砂羽

やとわれ寵姫の後宮料理録 二

皇帝を狙う刺客が現れた。焦る千花だが、この刺客出現の
背景には、皇帝が無視できない哀しい歴史があって…？

泉 サリ

一八三(ヒトハチサン)　手錠の捜査官

『服役囚捜査加担措置』なる新制度の試験運用のため、
模範的警察官が“服役囚”を相棒に事件を捜査する!?

北國ばらっど　原作／荒木飛呂彦　脚本／小林靖子

映画ノベライズ

5月26日発売

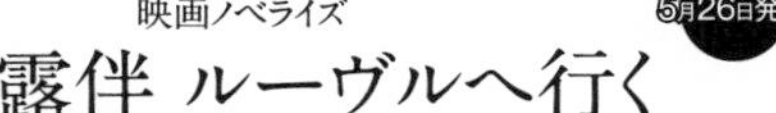

岸辺露伴 ルーヴルへ行く

世界で「最も黒い絵」を求めてルーヴル美術館へと
向かった岸辺露伴を待ち受けるものとは…？

5月の新刊・好評発売中